優駿

上

優駿

宮本輝 著

台灣版序

宮本輝

現今的世界隨著經濟貧富懸殊，人類也陷入了精神性貧富差距的漩渦之中。愈來愈多的人被膚淺的東西吸引，卻厭惡深刻的事物；過度評價無謂小事，卻蔑視真正重要的大事。

而我想，這個傾向將會日益嚴重吧。

然而，在精神性這個重要問題上，其實無關學歷、職業與年齡。因種種原因無法接受高等教育的無名大眾中，還是有許多人擁有深度的心靈；反觀更有無數從優秀大學畢業的人，做著令人欽羨的工作，仍無法擺脫幼稚膚淺的心智，任由年華虛長。

我二十七歲立志成為作家，至今已經四十年。這段時間以來，我總秉持著，想帶給那些含藏著深度心靈、高度精神性的市井小民幸福、勇氣與感動的信念來創作小說。

四十年來，我所引以為豪的，是我努力在小說——這個虛構的世界裡，展示了對人而言，何謂真正的幸福、持續努力的根源力量、以及超越煩惱與苦痛的心。

因此，那些擁有高學歷、經濟優渥，卻心智膚淺、精神性薄弱的人，應該不會在我的小說面前佇足停留。

而有這麼多台灣讀者願意讀我的小說，我感到無上光榮也十分幸福。衷心希望今後能將作品與更多的朋友分享。

第一章　誕生

一

是風聲嗎？還是牧場旁西貝查利河的潺潺水聲？分不出是遠是近的悄然聲響，聽在趕了九匹母馬進馬房後的渡海博正耳中，忽然顯得好響。

夕陽落在紅屋頂的馬廄上。四月中旬的靜內還很冷，應已相當青綠的牧草在夕陽下看來彷彿一片乾枯。長毛雜種狗佩羅搖晃著牠的大肚子和數個粉紅色飽漲的乳房，纏著博正嬉鬧。大腹便便的佩羅隨時可能會生產，卻不知是花影還是佩羅會先生，又或者是遠嫁東京懷著第一胎回娘家北海道待產的姊姊先開始陣痛，博正關上馬廄的門，邊上閂邊笑著想。

一回頭，夕陽正朝水平線另一端小小突起的山邊落下。放眼望去盡是牧場。在恢宏的夕陽之下，牧場蜿蜒起伏，連綿無盡。自博正有記憶以來，這片風景便不曾稍變。遠處有培拉利山，幾匹馬兒化為小點，發著紅光。

花影的預產期是四月十三日，但已逾期一星期卻沒有任何產兆。然而今天早上，正將馬從馬房放到牧場時，母親多繪朝花影的大肚子看了一眼，低聲喃喃：「就快了。」

多繪的眼光一向很準，就連父親千造和鄰居丸山牧場的牧童頭子都十分信賴。說不上為什麼，就是從大肚子垂下的樣子直覺如此，但既然多繪說就快了，那麼小馬將會在當天夜裡、最遲隔天中午便會出生。

花影留下十二戰四勝、三次亞軍的戰績，於兩年前從賽馬場回到他們渡海牧場，當時博正才高二。花影是父親千造一手培育的，由美國進口的一匹名為「風暴超人」的種馬，與自己的母馬「莉莉艾斯」交配生下的。千造看上的是，風暴超人的父親是美國三冠馬「大風暴」，而莉莉艾絲的父親是一匹叫作「菲利浦」的種馬，雖是法國馬，但曾遠征英國留下了好成績。

千造甚至求神拜佛希望能生下公馬，但生下的卻是隻深棗色的母馬。千造決定用這匹小馬作為自己牧場上的基礎母馬。小馬出生那年的初夏，有馬主出價想買，價錢比千造希望的高了將近一百萬。來自關西的馴馬師砂田重兵衛看上這匹馬，勸一同前來的馬主鹿島買下。當時，馴馬師、馬主以及育馬者渡海千造之間做出一項協議。當馬結束賽馬生涯作為繁殖馬時，必須還給渡海牧場。因此，千造並沒有賣斷小馬，而是以四百萬圓的代價租給了馬主。小牧場的資金週轉為此變得極為困苦，但千造仍咬牙撐過來了。

這匹母馬被取名為花影，三歲那年秋天，在新馬賽中以遙遙領先之姿大勝。砂田馴馬師當時便將目標定為櫻花賞。下一場特別賽中，雖以第三名落敗，但第二年開年的一場特別賽中，從領先馬群中後來居上獲勝。然後又在另一場公開賽中小試身手後正式上場。花影在二十二匹馬中熱門程度排名第三，結果跑出第六名。但是，在橡樹大賽跑出第二名，休息了一個夏天，秋天的頭一場比賽便旗開得勝，緊接著公開賽也獲勝，在有「母馬的菊花賞」之稱的伊莉莎白女王盃成為賽前大熱門。前五名的馬，賽馬會將頒發育馬獎給育馬者。開始入閘時，千造焦灼難耐地關掉電視，博正至今仍記得那張飽受陽光曝曬皺紋深陷的臉當時的神情。千造明明關了電視，兩分鐘後卻又再度打開。二十一匹母馬正好要從淀賽馬場又稱為京都賽馬場第三彎道下坡。自第三彎道到第四彎道這一段跑道，被賽馬人士稱為淀的魔鬼坡，花影就在草地內欄杆的地方。

「啊啊，不能待在裡面啊……被包圍了。」

千造說的沒錯，花影沒有機會使出全力，前面被擋住，又無法繞到外側，以第七名落敗。

「能夠平安跑完也不錯了。已經拿到了四勝，沒讓馬主吃虧。但願這樣就能退役……」

千造這樣希望，但花影還是跑到五歲那年冬天。但從此沒有拿過優勝。連續兩次亞軍之後的比賽中，雖為賽前大熱門，卻沒能擠進前三名。馬主鹿島的意思，是希望讓牠再跑一年，但馬是向千造租的，所以儘管依依不捨，還是還給了渡海牧場。

博正蹲下來，摸摸佩羅的肚子。

然後問還沒出世的小狗們：「你們的爸爸是誰呢？」

接著以認真的語氣低聲說道：「你們、花影的孩子和姊姊的孩子，要是同時出生怎麼辦？」

他有預感，覺得事情會變成這樣。這可不是鬧著玩的。博正邊打開家門邊這麼想。而且，不巧的是，聽說今天會有來自大阪的客人。現在哪有閒功夫招待客人啊……博正暗自咕噥，望向掛在起居室牆上的黑板。黑板上列出九匹母馬的名字，分別註明預產期和種馬的名字。或許是因為今年春天姍姍來遲，渡海牧場連一匹小馬都還沒有出生。其中甚至還有預產期已過了兩星期，仍絲毫不見產兆的母馬。

依照母親多繪的預言，花影的孩子應該會頭一個出生，博正因期待與不安而靜不下心來。若遇到難產，小馬的腳卡在母馬腹中，就必須放棄即將出生的小馬。因為若小馬的腳緊緊地纏住了母馬的子宮到產道那個部位，無論人從外面怎麼拉，就是無能為力。這時候只能選擇殺死母馬取出小馬，或是反過來犧牲小馬。絕大多數都是犧牲小馬。獸醫的判斷一下，便要取來長長的線鋸，將身體一半在母馬體外的小馬，從肩至胸鋸斷。只能將無法脫離母馬的小馬活活分屍。

去年春天博正曾一度親臨現場。獸醫與千造合力拉動線鋸，鋸斷還很柔軟的骨頭時，發出了一種奇特的悶悶的聲音，馬房的一角化為血海。取出身體被鋸成兩半的小馬的上半身，等待剩下的下半身自行排出，但若拖得太久會危及母馬的生命安全，所以獸醫戴上長及肩部的橡膠手套，伸手進入陰道，將殘留的下半身拖出來。自己的孩子發生了什麼事，母馬都知道。母馬望著人們收拾善後的那雙眼睛，和迷了路嚇哭的孩子一模一樣。一想起這件事，博正便想去西貝查利河畔祈禱。

花影今年是頭一胎。去年和前年都沒有受孕。為此，千造虛擲了近兩百萬圓的配種費。要是今年再不受孕，花影就不能當繁殖母馬了。千造不能不下這個判斷。千造計畫以美國進口的種馬「弗拉迪米爾」為花影配種，但弗拉迪米爾的配種費要三百八十萬圓，屬於高價位。如果沒有受孕，牧場便會蒙受重大損失。要是在五、六年前，什麼馬都賣得掉，但最近生產的純種馬已供過於求，甚至有馬三歲還賣不掉。渡海牧場和吉岡牧場、太光牧場這些大企業出資的牧場不同，僅有九匹繁殖母馬，規模還略小於一般中堅牧場。所以聽到渡海牧場的渡海千造要拿弗拉迪米爾來為花影配種時，同業不約而同打電話來阻止。每次接到電話，千造都重複同一句話。

「就這麼一次……我想讓花影配弗拉迪米爾。」

「要是又沒中怎麼辦？」

面對這個問題，「我已經和獸醫討論過很多次了。再過三天，她的卵巢狀況就會達到顛峰，我決定試試看。」

千造都這麼說。千造的笑容中，夾雜著一絲猶豫與苦衷，博正猜想若花影又沒有受孕，父親多半必須背債，吃晚飯時便故作開朗地說：「我的直覺很準，這次一定會順利懷孕的。」

花影確定懷孕那天，母親多繪還煮了紅豆飯慶祝。博正獨自到西貝查利河畔，確定四下無人之後，跪下來祈禱。他一心一意面向河面，低聲說，但願生下來的孩子是一匹強壯飛快、名留千古的好馬。沒有人教他這麼做，這一帶也沒有這樣的風俗，但不知從何時起，只要有心願，博正一定會向西貝查利河祈禱。願望有時會實現，有時卻不見得。實現的時候，他便感謝西貝查利河清澈的流水，以及流水為四周牧草帶來的潤澤，感謝遼闊的大自然賜予的恩惠，沒有實現時，便怪自己祈禱不力。

博正在洗臉台洗臉洗手，然後再次出了家門，走過風勢逐漸變大的牧場。太陽下了山，人影馬影全無的牧場上，寒風陣陣，彷彿自然盛大地對他耳語：我可不會如此輕易地將春天帶來。博正心想，不如來場暴風雨。在暴風雨的夜晚，一匹狂烈如暴風雨的馬誕生。千造不計得失，將身為純種馬育馬者的夢想寄託在這次配種上，會給世上帶來一匹什麼樣的馬？一定是有著一雙和花影一樣渾圓大眼的小不點吧。繼承了弗拉迪米爾的血統，或許會是匹黑亮得發青的黑馬。推開長圓木柵欄，來到牧場外，博正在紫色薄暮中走向利貝查利河。下了河堤，站在河畔，凝望對岸河灘上枝椏伸展如珊瑚的巨大櫻花樹。

靜內雖位於北海道的最南端，但仍要等到五月過後櫻花才會開花。博正在河灘上雙膝著地，垂著頭，在心中默禱。但願花影生產平安。願生下來的小馬是匹公馬。願牠是匹天生注定要成為名馬的小馬，飛快有如受到風神垂愛，狂野有如狂風暴雨。喔，差點忘了，請保佑姊姊聖子也平安生產。佩羅也順利生下小狗。他看到一道黃色的光從西貝查利河上游那邊漸漸靠近，便站起來。一輛計程車從河堤上駛來，開下了通往渡海牧場的坡道。博正心知那是來自大阪的客人，輕輕嘖了一聲，雙手插進防水夾克的口袋，緩緩從牧場走回家。

一進玄關，只見那裡擺著兩雙客人的鞋。一雙是男人的皮鞋，另一雙則是女用的紅色運動鞋。

「女兒說要搭火車來，但搭火車來到這裡都半夜了，所以我們是從千歲坐計程車來的。」

一個男子的聲音說。

「若是從靜內的車站給我們一個電話，我就會叫兒子去接了。」

隔著客廳的門，可以窺見多繪應對的樣子帶著幾分拘謹。千造人在廚房，正要去招呼客人，瞥了博正一眼。

「今晚可能整晚都不能睡了。你把箱型車開到馬房旁邊，也得準備好要鋪的乾草。我已經給獸醫橫田先生打過電話了。」

說完，進了與餐廳兼廚房僅以一道紙門相隔的客廳。

客人是和具工業社長和具平八郎，過去曾買過三匹千造培育出來的馬。千造進客廳換多繪進了廚房，對呆站在那裡想著要做什麼的博正說：「你也得去打個招呼。我們以後也是要靠人家照顧的。」

博正進了客廳，只見一個身材魁梧的中老年男子和一個十八、九歲的女孩坐在沙發上。

「這是小犬。和令千金一樣，今年高中畢業，現在在牧場上幫忙。」

千造邊招手叫博正坐在自己身旁，邊向來自大阪的父女這樣介紹。

和具平八郎點個頭說你好，然後對千造笑著說：「後繼有人，真是值得期待啊。」

博正朝和自己同年的和具平八郎的女兒看了一眼，連忙轉移視線。她穿著黃色的毛衣和同色的牛仔褲。完全就是十八歲女孩的打扮，但精緻美麗的臉蛋讓人以為她比博正大上好幾歲。所以博正不敢看她，默默地盯著桌上的菸灰缸，但不時抬眼偷看。心想，不要說靜內或日高了，就算走在札幌街頭，恐怕也遇不到這麼美的女孩。

「要等到大半夜，不過你可以來看小馬出生喔。」

千造對和具平八郎的女兒說。

「她就是想看，才跑到靜內來的。」

平八郎看了看坐在身旁的女兒的側臉說。

「會不會給你們添麻煩？」

四目相交的那一瞬間，女孩直視著博正問。

「不會。」

其實在心愛的花影生產時，實在不想讓陌生人在場，但博正被女孩那雙黑多白少的眼睛一看，不假思索地這麼回答。

「我要搭明天中午的飛機回去，久美子說要在札幌和朋友會合，展開她們的北海道之旅。」

和具平八郎抽著菸說。

「那麼，您這趟來靜內，是專程為了帶令千金來？」

聽到千造這麼問，和具皺起粗粗的鼻梁想了一會兒，才以莫名落寞的語氣說：「我是想看看牧場。還以為這時節草地會更青綠，有小馬四處跑跳，但看來今年春天比較遲啊……」

博正心想，原來她叫久美子啊。怎麼寫呢？他很想問，卻沒作聲。

「小姐今年上大學，那學校不是已經開學了嗎？」

千造這一問，久美子伸伸舌頭，不好意思地笑了。

「一星期不上課也沒關係的。」

久美子抬眼望著斜睨她的父親這麼說，那一瞬間，稚氣得判若兩人。千造問起久美子的行程，開始說明某地沒什麼看頭，該去別處；某某地方旅遊書上雖然沒有寫，卻是北海道最美的地方等等。久美子將千造所說的一一寫在記事本上。

多繪來了，告訴大家晚餐準備好了。

「我們準備了一些只有北海道才吃得到的東西，請千萬不要客氣。」

千造說。

姊姊聖子也加入一起用餐。久美子邊吃火鍋，邊打趣說：「剛才一下計程車，就有一隻大肚子的狗狗不是嗎。而且小馬今晚會出生，連姊姊肚子都這麼大。」

平八郎瞪了女兒一眼意示責備。久美子不滿地對這樣的父親說：「就真的是這樣啊。」

博正默默吃飯，邊聽久美子口中首次出現的大阪腔。甜甜的、帶點嬌豔氣息的陌生口音，讓他覺得和久美子這女孩之間的距離似乎拉近了一點點。

「久美子，你的名字怎麼寫呢？」

突然間，聖子開口了。因為家裡從事這一行的關係，常有客人來往，但聖子的個性非常怕生，像這樣與客人同桌時，通常都一言不發，所以博正吃了一驚，朝姊姊發熱泛紅的臉看。

「久遠的久，美麗的美，再加上子，久美子。」

久美子的本性漸漸顯露出來，還滿嘴食物，就問起小馬什麼時候會出生、出生前要在媽媽肚子裡待幾個月。

「一個女孩子家，嘴巴裡有東西的時候不要講話。人家會懷疑你的家教。」

被平八郎這一念，久美子趕緊雙手掩住嘴。然後看著博正，邊聳肩邊對他笑。博正不知該如何反應，便一口氣把飯扒進嘴裡，站起來。

「急什麼呢。」

千造這麼說，但博正還是穿上長靴和防水夾克，開了後門要出去。結果聖子走過來，跟他咬耳朵。

「吼喔，緊張了喔，連話都不敢跟人家說。所以老姊我幫你問了你想知道的事了。」

「什麼老不老姊的，女人家講話這麼難聽。我要跟你老公告狀，說你一回家就變成沒教養的村婦。」

博正低聲回嘴後，跑到箱型車那裡。坐上駕駛座，打開引擎，望著馬房。然後，想起姊姊的取笑，內心嘀咕：平常重要的事都很遲鈍，偏偏對沒要緊的事這麼敏感。看引擎應該熱得差不多了，博正打開暖氣。和具久美子這女孩是為了想看小馬出生才來到渡海牧場的嗎。博正自言自語說，運氣真好。

「來的那天晚上剛好要生，而且要出生的又是花影的孩子。」

有個人影靠近，敲了敲箱型車副駕那邊的窗戶。姊又來取笑我了嗎。博正邊想邊解了車門的鎖。上車的不是姊姊，而是久美子。久美子穿著一件鼓膨膨的銀色套頭防風厚外套，所以上半身的影子碩大，讓博正誤以為是即將臨盆的聖子。

「快生了？」

久美子坐上副駕駛座，轉身面向博正問。

「還早呢。要看情況才知道……」

博正感到自己的心開始跳得好用力。

「那，我們就去看看狀況吧！」

久美子説話的方式，好像是對一個認識多年的好友一般，既不拘謹，也不害羞。博正的心跳也因此而漸漸平靜下來，問：「你這句話，用大阪腔怎麼説？」

久美子説了一遍。

「大概就這樣吧。」

説完笑了。一直笑，笑得博正都覺得奇怪。

「什麼事讓你這樣格格笑個不停？」

了。

事實上，久美子的笑聲，用博正脫口而出的格格笑來形容，再貼切也不過了。

「我格格笑？」

「嗯，聽起來就是格格笑。」

「我的綽號，就叫作『格格』呢。」

然後久美子又一直笑個不停。看看時間，才剛八點。在橫田獸醫來之前，先去看看狀況好了。經久美子數度央求，博正緩緩將箱型車駛向馬房。停好車之後，博正向久美子說起即將出生的小馬。

「花影運氣不好。其實，無論是櫻花賞還是橡樹大賽還是伊莉莎白女王盃，牠都能夠跑第一的，可是卻都沒有贏。光是跑得快贏不了，光是強也贏不了。因為馬是生物啊。」

接著，他制止了想說話的久美子。

「不可以太大聲喔。還有，也不能格格笑。」

久美子趕緊雙捂住了嘴，大大點頭。馬廄入口那顆小燈泡，淡淡地照亮兩人所坐的車內。這淡淡的光暈讓久美子顯得更加美麗。

「你懂純種馬嗎?」

「不懂。因為爸爸有馬,所以我一直以為就是一種很花錢的嗜好。」

「純種馬的歷史是三百年前從英國開始的。可是,從父系追溯回去,就只有三匹馬。第一匹叫作『達利阿拉伯』,意思是一個叫達利的人擁有的阿拉伯馬。第二匹叫『拜耶爾土耳其』。是拜耶爾上尉的土耳其座騎。第三頭叫是『高多芬阿拉伯』。是高多芬伯爵的阿拉伯馬。這三匹馬,各自繁衍了牠們的系統。」

久美子雙眸燦然生光。一副非常認真專注地聽博正的話的樣子。博正感覺到她的認真,覺得很開心。有些人會以浪漫來形容純種馬血統的神奇,但他完全感覺不出這有什麼浪漫。根本沒那麼夢幻。他向來認為這是更殘酷無情又悲哀的一件事,因此他很想將自己所知道的純種馬歷史悉數告訴這個初識的美麗女孩。這應該會花上不少時間吧。可是,當自己講完的時候,花影的陣痛應該也即將開始,所以博正摸著突然發熱的頸項,開始說:「這三大始祖當中,來歷最清楚的是達利阿拉伯。這匹馬生於西元一七〇〇年,湯瑪士・達利是在敘利亞的阿勒坡這個地方買下的。然後送到英國。會取名叫阿拉伯,當然是因為牠是阿拉伯馬。」

久美子沒説話，嗯嗯連聲地點頭。博正從儀表板下的儲物櫃裡拿出一本厚厚的書，翻開，指著以紅鉛筆劃了線的地方。

「這裡有阿拉伯人如何培養出好馬的神話，你讀讀看。」

久美子接過博正手中的書，拿到面前。博正點亮了車裡的燈。久美子輕聲念出來。念得好像是被老師點名念國語課本的學生。

「默罕默德將所有的馬關上幾天，不給水喝。然後，在看得到水流的地方，將馬放出來。馬群全都朝水奔去。這時候，響起開戰的號角聲。多數的馬還是因為想喝水而繼續奔向河流，但少數幾匹馬順從地折返。而偉大的阿拉伯馬的血統，便是從這少數幾匹馬裡選出來的。」

久美子讀完，博正解釋道：「這匹名叫達利阿拉伯的馬，後代出現了一匹叫作『日蝕』的馬。這匹馬非常厲害，從來沒輸過。這匹馬後來就成為日蝕系統的起源。日蝕的孩子有三百五十匹，其中的代表是『Pot-8-o’s』和『佛格斯王』。現在的純種馬，有八成是這這兩匹的子孫。」

日蝕這一系，後來又分出了「班鐸」、「根斯堡」、「老大」、「布蘭德佛」、

「聖西蒙」等支系。這些系統中，「里博」和「涅亞可」等名馬輩出。義大利的偉大育種師費德里克·泰西奧所培育出來的最高傑作涅亞可，以十四戰十四勝的的全勝紀錄退役成為種馬，生下了許多孩子，其中最活躍的就屬「納斯路拉」。納斯路拉的孩子「永生」之子「永勝」被進口到日本來作為種馬，也留下了出色的成績。

說到這裡，博正喘了一口氣，朝直視著自己的久美子看。

「聽我講這些，很無聊嗎？」

「果真很浪漫。很有趣，繼續講。」

在久美子的鼓勵下，博正又繼續說下去。

聖西蒙這一系，是由「蓋樂品」的孩子聖西蒙開始的。聖西蒙以十戰全勝退居為種馬，作為種馬也大為成功。繼承聖西蒙血統的「白盧梭」在英國德比獲得優勝，而白盧梭正是「印度斯坦」的父親。印度斯坦在日本成為了不起的種馬，誕下許多優秀的馬。

博正熱切地說個不停，喉嚨很乾，說到這裡停下來，吞了好幾口水。

「你說的這些，是那個叫達利的人的阿拉伯馬的後代對不對？」

「對。」

「那，第二匹，我忘記叫什麼人騎的土耳其馬，後來怎麼樣了？」

博正在駕駛座上扭身調整坐姿，面向久美子，然後說：「拜耶爾土耳其的第四代，出現了一匹叫『希律』的馬。希律系從此開始，一度與日蝕系一樣繁盛，但後來就漸漸衰退了。大家都以為滅絕了的時候，出了兩匹馬。『郡王』和『旋風』。希律系便以郡王和旋風這兩條支系繁衍至今。旋風這一系出了『帕索隆』。帕索隆被進口到日本，也生下了很多好馬。」

「花影是哪個系統的馬？」

博正真的想告訴她的，便是馬上就要生下小馬的花影的血統。他在腦海中思索著該怎麼說才好。所以他呆望著久美子的臉好一會兒。後來驚覺，博正慌了，本來面向久美子的身體又轉回來面向方向盤。

「有一本小說叫《名馬風之王》，是一位英國女作家寫的青少年小說。我小六的時候，我爸從札幌的大書店買回來給我的。小說的主角就是高多芬阿拉伯。我現在都還記得小說裡的人物和對話。」

西元一七二四年，在摩洛哥全國禁食祈禱的日子，有一匹阿拉伯馬出生了。牠一出生母馬就死了。這匹馬是國王的，由一個瘦弱的啞巴少年馬夫阿古巴照顧。阿古巴希望能把小馬養大，想盡了辦法，但小馬卻愈來愈虛弱。於是阿古巴跑遍了大街小巷，弄到羊奶和蜂蜜，混合起來，倒在大盤子裡，然後將自己的手放進大盤子，伸出食指，放在小馬面前。小馬這才從阿古巴的手指頭得到活下去的食糧——我來當你的爸爸，而這根手指頭就是你媽媽。阿古巴非常愛小馬，小馬也非常愛阿古巴。

阿古巴私下為小馬取了夏姆這個名字。可是阿古巴不會說話，所以王宮裡的馬夫長和其他的馬夫，沒有人知道這匹小馬被取名為夏姆。夏姆在阿拉伯語裡，是風之王的意思。夏姆在王宮裡養的同齡的馬當中，跑得特別快。

有一天，摩洛哥國王想送點禮物給法國的路易十五。送什麼才好呢？他想了又想，最後決定送七匹摩洛哥向來引以為傲的阿拉伯駿馬。摩洛哥國王並不想要任何回禮，只是希望以此暗示法國不要干預摩洛哥的政治。

帶有這番政治意涵的七匹馬，隨同七名馬夫前往法國。夏姆和阿古巴也在其中。千挑萬選的七匹精壯的阿拉伯駿馬，經過長時間的航海，以及幾度來襲的暴風雨，削瘦得不見原先的影子，抵達法國時，只剩下皮包骨。路易十五看到這些馬，頓時對摩洛哥國王心生憤怒與侮蔑——這就是純種優秀的阿拉伯馬？我的法國馬比你們阿拉伯馬漂亮多了。

路易十五立刻下令將七匹馬遣返摩洛哥。但七名馬夫卻奉摩洛哥國王之命，無論如何都要達成使命，否則不得踏上祖國一步，要終生與馬為伍，向歐洲展示阿拉伯馬的優越。因此他們既無法回摩洛哥，又不能滯留於法國皇宮，於是四散於歐洲各地。

夏姆和阿古巴顛沛流離，時而為人運貨，時而成為有錢人家的騎乘，在驚濤駭浪、顛沛流離之中，經歷了道不盡的千辛萬苦，最後渡海來到了英國。

寒酸的馬和纏著頭巾的啞巴少年，這對組合引起了高多芬伯爵的興趣，同情他們的處境，便加以收留作為兒子的座騎，但這時候卻出事了。為了與伯爵心愛的英國馬「大地精」交配，一匹名叫「羅珊娜」的灰色母馬被帶到高多芬家的牧場，但羅珊娜卻和夏姆交配，並且懷孕了。伯爵大怒，將夏姆與阿古巴趕到遠離人煙的沼澤地帶。

夏姆與阿古巴在又濕又冷的沼澤度過了三年的歲月。羅珊娜生下了一匹小公馬。當這匹小公馬三歲時，奇蹟發生了。夏姆與羅珊娜的孩子，跑得比全英國的馬都快。沒有一匹馬能贏得過牠。高多分伯爵大吃一驚，知道自己犯下了天大的錯。他命管家將那匹阿拉伯馬與啞巴少年帶回來。新的血統就此誕生。人們發現了如何改良全天下馬匹的奧妙。就這樣，夏姆成為高多芬家之寶，英國純種馬之父，幸福地度過餘生。

當夏姆壽終正寢，離開這個世界的同時，阿古巴也完成了自己的使命，回到摩洛哥。前往法國時，阿古巴還是個稚氣未脫的少年，回到摩洛哥時，已經成長為一個强壯的青年。

「這本小說是以實際流傳下來的傳說為藍本寫的。因為是小說，所以不知道有多少真實性，可是我還是相信這個故事是真人真事。高多芬的孫子有一匹叫作『馬湛』的馬，從牠開始了馬湛系。馬湛的第七代『西澳』是頭一匹三冠馬。西澳的第五代是『戰艦』。二十一戰二十勝，在美國創下領先一百馬身的獲勝紀錄。花影的母系父親，就有馬湛的血統。戰艦的直系後代『海上戰將』是美國的三冠馬。牠就是花影的前四代的父親。」

「母系父親是什麼？」

久美子問。

「就是媽媽那邊的父親。以前純種馬只重視父系血統，但後來也開始種視母系的父親的血統了。戰艦作為種馬的結果不如預期，但這一系是很優秀的母系父親。」

博正又轉身面向久美子，不知不覺使勁地說。

「花影即將生下的小馬，身上就留著高多芬阿拉伯的血，也就是夏姆的血。」

這句話脫口而出的瞬間，博正心中出現了那個連實際是否存在都無法確知的異國青年。這個綁著頭巾，一身棕色肌膚，不會說話的青年，在愛馬死後回到祖國，是如何展開他新的人生的？無緣得見的摩洛哥市街、皇宮與沙漠，隨著一陣感傷在博正心中浮現。

「好厲害！」

久美子這句話，讓博正回過神來。

「什麼很厲害？」

「你竟然記得住這麼多。馬的名字啦，馬出生的年代啦……這些比準備大學考試還難記。」

「因為我很喜歡……而且這將來就是我的工作。」

博正覺得自己好像太興奮了，但最後他還有一件事要說。那就是千造為什麼要讓花影生下弗拉迪米爾的孩子。

「即將出生的小馬，牠的血量是三×四。」

「三×四？」

「嗯。花影的前三代的父親是一匹名為『蒙帕納斯』的馬，而弗拉迪米爾前兩代的父親也是『蒙帕納斯』。換句話說，是近親交配。一匹馬的父親前三代和母親前四代的馬如果是同一匹，就叫作三×四，近親的血量達到百分之十八點七五，這樣的交配被稱為『奇蹟之血』。」

純種馬是以培育出更快更强的馬為目的，在這個世界裡，可以只取近親交配正面與負面中的正面。負面的血只要捨棄即可，但若得到正面，其中的妙趣有時會遠超過人們的期待。

「人也一樣，近親結婚生出來的孩子，如果不是差勁的廢物，就是難得一見的天才，不是嗎？馬也一樣。可是人如果生下廢物，總不能丟掉……」

久美子問起時間，博正看看鐘，九點多一點。博正下了小貨車，朝馬廄走去，卸下門閂，把大大的門打開一道小縫。花影的馬房是從入口數來第三個，所以這樣便足以窺看牠的狀況。花影在小小的馬房中不停打轉。有時往乾草上躺，不一會兒卻又喘著氣站起來，焦躁地走向馬房的角落，然後跪下，又站起來。博正心中大喊，開始了。他朝家裡跑。打開後門，大聲說：「爸，好像開始了。」

「破水了嗎？」

「沒，好像還沒有。」

千造穿上防水厚外套，從廚房的椅子站起來。

「橫田獸醫好像來了。」

博正一回頭，只見車燈從河堤彎彎曲曲地通往牧場的路上前來。橫田的車是一輛已經開了十兩年的小型車，在靜謐的牧場一帶，引擎隆隆作響。

博正跑到下車的橫田身邊。

「開始了。」

「別擔心，一切都會很順利的。」

橫田將手插進長長白衣的口袋裡，聳聳肩，滿口酒味地說：「工具在車上，幫我拿來。」

然後快步往馬廄走。博正提著沉重的骨董級皮包走到馬廄門口時，千造與橫田朝著門縫裡看，正在交談。

「開始陣痛了。正兜著圈子找地方生。」

千造低聲說。博正朝坐在小貨車副駕座位的久美子招手。久美子下了車，跑到博正身邊，雙手蓋住雙耳，叫道：「哇啊，好冷！」

颳起了比傍晚更强更冷的風了。

「明天早上會結霜吧……」

橫田說完，看著博正說：「破水了喔。」

摒氣凝視往馬房裡看，花影跪在乾草上，屁股朝著他們躺下，喘著氣，頭又上又下地抬了四、五次。

「牠肚子很痛很難受。」

博正向久美子解釋。久美子將她的大眼睛睜得更大，注視著花影即將開始的產程。

過了一會兒，橫田躡手躡腳地進了馬廄。千造跟著他，博正跟著千造。久美子雙手一直按著耳朵，站在馬廄前不動。博正小聲喊久美子：「你就是為了看這個來的吧？快進來把門關上，不然花影會分心。」

久美子輕輕一點頭，進了馬廄，悄悄將門關上。門一關，原本呼呼作響的風聲瞬間變小，花影的喘氣聲聽起來很響。

「還沒有喔。在小馬的腳出來之前，盡可能不要打擾到牠。」

千造低聲說。馬廄裡亮著三顆燈泡。平常燈都是關上的，但為了花影生產，傍晚燈便一直打開沒關。這燈光照著花影的背和又大又不停起伏的肚子。光灑在花影身上，使牠身上浮現了無數個黃色的圓。牠正全身冒汗。花影的鼻子裡發出悶哼聲。與此同時，有兩隻腳緩緩從花影的下腹部冒出來。

「很好，就是這樣。要懂得用力喔。」

橫田說。在正常分娩的情況下，小馬的兩隻前腳會先離開母體。接著是露出鼻頭，然後臉到脖子出來，肩部卡在陰道口。這時候人們才幫得上忙。

「小馬是以高舉雙手的姿勢出來對不對？這就是順產的證明。」

博正對躲在自己身後默默看著生產的久美子悄聲說。小馬的前腳露出四十公分左右時，縮進去了一點，但又馬上伸出來，然後露出了鼻頭。半張臉出來的時候，博正心想，是黑馬。前腳和臉上的毛因為濕漉漉的，顯得比實際顏色來得黑，但正如自己所預料的，這是匹漆黑的馬。博正雙膝發抖。不是因為冷。而是因為當小馬的整張臉露出來的時候，他看到牠額頭上長了白色菱形的毛。這也和自己想像的一模一樣。

脖子出來了，這時候小馬停頓了。

「來，花影，要加油喔。」

千造說，向博正使了一個眼色。橫田獸醫和千造與博正，悄悄地進了花影的馬房。橫田拉住兩隻前腳，千造抓住脖子。花影一使力，他們便配合著向外拉。花影的呼吸變了。

「預——備，拉！」

兩人邊齊聲吆喝邊拉動小馬。博正在花影的面前跪下，悄聲說：

「快好了。不用擔心，我和爸爸都在這裡。」

花影高高仰起頭，發出「咕——」的聲音。眼中湧出淚水。

「是公的！」

千造大喊。博正站起來，去看平安出生的小馬。千造一把將小馬抱到花影鼻頭。臍帶還黏在身上，但不必剪自然就會脫落。花影像每一匹母馬一樣，開始舔自己的孩子全身。母馬會將小馬濕透的身體舔乾。橫田在事先準備好的浣腸器中注入液體，插進小馬的肛門。

「為什麼要浣腸？」

一直默默無語的久美子突然開口問。

「要幫牠把胎便排出來。不然，會在裡面硬掉塞住。」

浣腸每兩小時一次，必須做上三次。浣好了腸，還要將濕掉的乾草換新，工作才算結束。

「三十分鐘之後，會排出胎盤。小馬在那之前就會站起來了。」

千造這樣告訴久美子的時候，博正拿毛巾幫花影把身上的汗水擦乾。

小馬用二十分鐘就穩穩站好了。

「好馬。」

已經當了三十兩年獸醫的橫田搔著花白的頭髮這麼說。

「這麼黑的馬很罕見。」

臍帶掉了，胎盤也排了，小馬開始尋找母親的乳房時，花影也站了起來，在小馬身邊轉呀轉的，舔個不停。

「你看牠多疼小孩呀。而且，無論有多痛苦，只要孩子一站起來，牠自己也會站起來。」

千造這才露出笑容對久美子說。然後，「好啦，你再不停下來，你兒子怎麼找得到奶呢。」

對花影這麼說。千造雙臂環住花影的脖子，像要指正牠什麼似地在牠耳邊耳語了好久。花影終於停止兜圈子。小馬這才找到了乳頭。

「我們還有工作要做，你先去睡吧。」

博正對久美子說，然後兩人一起來到馬廄外面。有個人影從家裡那邊靠近。是和具平八郎。

「怎麼樣？生了嗎？」

平八郎問女兒。

「爸爸，是個好可愛好可愛，純黑的男生喲！」

久美子這時候的聲音特別高亢。

「公的啊。」

平八郎只說了這句話，也不去馬廄裡看看，便和久美子一起沿著來時的路折返。這對父女今晚要在博正家二樓的客房過夜。博正目送著遠從大阪來訪的這對父女的背影，心裡思索著，在接觸了三大純種馬始祖的來由、阿拉伯馬高多芬的故事、流著高多芬之血的花影的生產之後，久美子是否理解了他想說的，以及他想說卻怎麼也無法以言語表達的事。這個四月，靜內和鄰近的新冠將會有五千五、六百匹小馬誕生。無論是月夜、雨夜還是暴風之夜，小馬都會繼續誕生。培育馬，並將牠們訓練為賽馬的確是一門生意，但馬同時也是活生生的動物。三百年來，為了去蕪存菁，但憑人類的直覺、智慧與野心進行淘汰，但真的是人類的這些直覺、智慧與野心造就了今日的純種馬嗎？會不會只有人類深信如此，而大自然的主宰在遠方竊笑呢？博正沉浸在這樣的想法中。博正心想，自己想要告訴久美子的是，他有多麼愛馬。然後他馬上又搖頭，不，不是的，他不是為了告訴她這個才滔滔不絕地大談純種馬系譜的。和具平八郎與久美子住的房間亮了燈。博正佇立在冷得幾乎會把人耳朵凍掉的強風中，看著久美子隔著窗簾的影子。

千造在叫人，博正回到馬房。他進去，換橫田獸醫回家。

「得幫牠浣腸。」

千造邊換濕乾草邊對博正下令。大大的浣腸器已經裝了藥水。小馬一心一意吸著母親的乳頭。那四條又細又長的腳有時會發軟，但不一會兒，便已經會四肢用力穩穩站好了。花影又繞著小馬打轉，舔牠的全身。已經舔得十分乾淨，小馬在燈光下顯現出天生的體色。但花影還是不斷舔著自己的孩子。就像千造對久美子說的，疼愛得不得了，不會說話的花影因不知如何表達自己的心境而萬分焦灼。所以只能一舔再舔。在博正眼裡，花影就是這個樣子。

「好圓的眼睛啊。」

博正拿自己的鼻尖去磨蹭小馬的鼻尖。與花影一模一樣的雙眼皮圓眼，遺傳自弗拉迪米爾的通體漆黑，令博正內心雀躍不已。這不是奇蹟是什麼？博正邊幫小馬浣腸，邊在心中低語。花影竟生出了一切都與自己的祈禱一模一樣的小馬，除了天賜奇蹟，無可形容。浣腸完，他又去磨蹭小馬的鼻尖。眼睛還看不見的小馬抽動著小小的鼻子，一次又一次在博正嘴邊嗅聞。在旁邊不安地打轉的花影哼著氣，長長的臉推了推博正的肩頭。

「不會搶你的啦。」

博正笑著對花影說。

二

穿著長大衣的和具平八郎獨自佇立在清晨覆了霜的牧場正中央。博正餵完九匹馬從馬廄出來，看到平八郎。博正踩著霜柱走向和具平八郎。耀眼的朝陽照亮了霜柱，整個牧場猶如一片波光粼粼的海。博正道了早安，一頭幾近銀髮的頭髮梳得平順妥貼的平八郎，一雙眼睛仍望著牧場遠方。

「早啊。」

他說，

「大阪的櫻花都已經謝了，不愧是北海道，還這麼冷……」

「我們這裡，櫻花要五月中才開。」

「昨天出生的公馬，可能會是渡海先生的傑作吧。」

平八郎說。

「要跑跑看才知道。」

博正邊回答，邊好奇他又沒有親眼看過小馬，為什麼會這麼想？然後朝這個目前擁有三匹賽馬的馬主，也是一位文靜的紳士的側臉看。和具平八郎從大衣口袋裡取出香菸，拿打火機點著。

「您今天是幾點的飛機？」

「我搭三點的。」

「那麼，我開車送您到千歲。」

平八郎輕輕擺擺手。

「不了，你們正忙，不必費心。我可以叫計程車，搭火車慢慢晃過去也行。」

然後這才將視線放到博正身上。

「去年年底，我一心看好的三歲馬在新馬賽死了。那是牠的出道賽，和第二名拉開了五馬身的距離，一到終點就折斷了前腳。在過了終點之後啊。牠贏了比賽，卻復原無望。所以馬上就安樂死了。」

聽他這麼一提，博正想起好像在哪裡聽說過去年年底的京都賽馬場發生了這麼一起罕見的意外。原來他就是那匹馬的馬主啊——他望著平八郎想。

「很貴嗎？」

「在我的馬裡是最貴的一匹。雖然是無可奈何，但從那時候起，好像一切都開始變調了。」

和具平八郎說完便不再開口，離開博正，獨自踽踽走過牧場。爬上長長的緩坡，一度暫停眺望四方，然後下了坡。平八郎的身影自博正的視野消失。

「八點早餐就會準備好了！」

博正大聲說，但不知消失在牧場何處的平八郎沒有任何回應。

回到家門前，博正差點和從玄關跑出來的久美子撞個正著。

「狗狗生了！八隻！」

「咦咦！這麼多！」

佩羅的小屋在房子後面。花影的生產讓博正完全忘了佩羅，平常餵馬時牠總是跟在腳邊搖尾巴的，今天早上不見蹤影博正也沒放在心上。走到小屋前，的確傳出幼犬的叫聲。往裡面一看，棕色的、班點的、白的、黑的，各種毛色的幼犬正又推又擠地，聚在佩羅的乳房前。

「嗚哇，好可愛。」

久美子怯怯地遠遠看著說。佩羅向博正搖尾巴，但全身上下散發出獨力生下八隻幼犬的疲累，下巴很快便又無力地擱在小屋的地板上。

「陌生人要是靠近，牠會生氣吧？」

「不會啦。」

「可是，才剛生完小孩，情緒很激動吧？」

「放心。佩羅還會對小偷搖尾巴呢。」

博正雙手捧起看來最活潑的棕色幼犬，捧到久美子面前。佩羅轉動眼珠，看看自己的孩子怎麼了，但不久就閉上眼睛。久美子戰戰兢兢從博正手中接過連眼睛都還沒張開的幼犬，就地蹲下來，將幼犬放在膝頭。然後望著幼犬的眼睛。

「昨天，我整晚睡不著。」

她說。

「為什麼？」

「因為看到小馬出生……」

然後她將視線轉往當陽的大倉庫。

「我覺得，將來那匹馬上賽馬場的時候，我一定不敢親眼看牠比賽。」

過了一夜，大概是和博正也熟悉了吧，久美子毫不羞怯，自然而然不斷說著大阪腔。

「為什麼？」

「總覺得我一定會心臟狂跳，不敢看。」

「我可能也會。」

博正真的這麼想。小馬兩歲就要去拍賣。有些馬出生那一年就有買家，但渡海牧場幾乎沒有出過這樣的馬。來買馬的人也是什麼樣的人都有，不見得所有的馬都能上中央賽馬場。幾乎都分散在各地的地方賽馬。地方賽馬全國共有三十一處，光是北海道，設有賽馬場的便有旭川、北見、岩見澤、帶廣等六處。盛岡、宇都宮、高崎、浦和、船橋、大井、川崎、笠松等地也有公立賽馬場，在靜內誕生的馬，很多都用在這些地方賽馬上。拍賣是每年六月開始，賣得出去的都是出色的好馬，其他的馬就要等到八月、九月，最後也有馬始終沒有買家出現。

博正心想，花影的孩子，一定有很多人出高價競標。看看那雙眼睛。看看牠的臉、牠的腰、牠的腳。才出生未幾，就已經氣宇非凡了。在賽馬界打滾的人不可能不看上牠。花影的孩子，會在六月以高價賣出，成為少數在中央奔馳的馬，離開我身邊。想到這裡，明明是許久以後的事，博正心中卻已浮現與小馬分別那天的情景。一時感慨萬千，但一顆心隨即被朝陽下久美子耀眼奪目的美所吸引，問：「你和朋友約幾點？」

「兩點約在札幌的皇家大飯店大廳。」

久美子用臉頰磨蹭著幼犬說。

「那，我開車送你去吧。從這邊過去，三個小時就到了，你放心，來得及。」

「我回去也是從千歲搭飛機，我在想要不要上飛機之前再來這裡一次。」

久美子站起來說。

「再一個星期，那匹小馬，就會在牧場上到處跑了吧？我想和那匹小馬變成好朋友。」

「你去北海道玩一圈，回到札幌之前，再打電話來。我去接你。」

博正發現現自己的臉泛紅了，便轉身背對久美子，說：「你來我們牧場看了小馬再回去吧。」

「朋友也可以一起來嗎？」

「可以啊。」

吃完早餐，千造和博正將花影和小馬留在馬房，將另外八匹馬放到牧場上。每匹馬肚子裡都懷著小寶寶。馬兒各自漫步在牧場散開，腳步聲夾雜著踩碎霜柱的聲音，在博正聽來，反而强烈感受到春天的腳步近了。有好幾年都沒有九匹馬全部順利懷孕，而且花影帶頭順產，生下一匹好馬。博正這麼想，覺得今年會是美好的一年。也許還了借款，還能有盈餘。這個想法，和久美子一星期後會再度出現在自己面前混合在一起，他往一匹呆立不動的馬屁股上一拍，馬兒突然一聲怪叫，奔過寬闊的牧場。

千造說要開車送，但和具平八郎一再道謝後叫了計程車，說要從靜内車站搭火車到千歲，離開了渡海牧場。

「那麼，小犬會開車送小姐到札幌的。」

千造說，目送平八郎直到車子上了西貝查利河的河堤。和朋友約好的時間是兩點，但久美子說想先到札幌市區買旅行用的東西，所以博正匆匆發動了車子。在車上，博正默默無語。雖然想說點什麼，但找不到話說。久美子也沒說話。經過牧場周邊的時候，她的視線停留在馬群身上一言不發，過了牧場區，便看著北海道的旅遊書，頻頻在記事本上寫東西。

博正終於開口的時候，是在下了高速公路，進入札幌市區以後。

「我明明是在北海道土生土長的，卻只去過札幌、旭川和帶廣。」

「更往北的話，還有雪嗎？」

「有啊。如果一直去到北海邊，還能看到流冰喔。」

博正也沒去過東京，所以一進札幌市區，頓時覺得置身於大都會中。車好多，高大的建築接二連三，走在路上的年輕女孩們的服裝也顯得亮麗洗練，都是靜內和日高這些鄉下看不到的。

在札幌市區熱鬧的路上把車停下來，久美子抱著一種光面材質做的沉甸甸黃色大包包下了車。

「你說要買東西，要買什麼啊？」

博正從駕駛座上伸長了身子，搖下副駕座車窗問。久美子笑了，說：「都是些不能跟男人說的東西！」

她的語氣，有種逗弄年紀小很多的男人的味道，博正不知眼睛該看哪裡，便指著熱鬧的主要道路的一角。

「皇家大飯店在那裡。」

站在眼前的，並不是昨晚怯怯地躲在博正身後看小馬出生的久美子。而是個美貌得令人情不自禁看得出神的成熟女孩，終究遙不可及。

「謝謝你送我。」

久美子說。

「一路小心……可別亂搭便車喔。」

博正的話還沒說完，久美子便已背起大包包走入人群中。只回頭揮手一次，然後就筆直向前，消失在一家化妝品店裡。

回到靜內的渡海牧場路上，博正滿腦子只想著和具久美子這個突然出現在自己面前的女孩。多麼美麗的女孩啊。一定讓許多男人拜倒在她的石榴裙下。等她大學畢業，一定會從中選一個自己絕難望其項背的男人結婚吧。儘管這麼想，但博正天生豐富的想像力在心中抬頭，想像著與久美子手牽著手走在西貝查利河畔，在心裡描繪自己騎馬身後載著久美子，在牧場上疾馳的畫面。他在國道中途停了車。因為看到了一家都會風格十足的咖啡店。博正在那家咖啡店坐下，獨自喝了咖啡。他第一次做這種事。

「呿。真是個鄉巴佬……」

他啜飲著咖啡，悄聲低語。

高中的朋友有很多都到東京上大學，也有人不願意繼承父親之後成為育馬者而到大都會工作。可是博正卻從來沒有這種想法。千造沒要求他，母親和姊姊也沒有強迫過他。打從少年時期，他便自然而然決定高中畢業後要幫忙父親，能勝任牧場所有工作後便繼承渡海牧場。

他渾身不自在，卻仍在咖啡店裡坐了好久。結果被前所未有的空虛包圍。他想到，馬兒們在自己出生之前便已馳騁在渡海牧場上。馬兒們終究會死，然後新的年輕的馬到來，生下小馬，養育這些小馬，賣掉，然後一批馬換過一批馬，自己則一直埋頭生產馬。然後不知不覺自己也老去，和在渡海牧場上逝去的馬兒一樣消失無蹤。離開人世的時候，是個除了馬什麼都不懂、沒沒無聞的鄉下人。博正漠然抬眼看店内的牆。一股莫名的哀傷强烈地攫住了他的心。他不明白自己怎麼會忽然有這種想法，但他覺得那位名叫久美子的女孩一定造成了某些影響。

博正傍晚時回到家。還有時間將放牧的馬兒們帶回馬房。他一下車，就走向馬廄。花影哼了幾聲。花影的小馬正在喝奶，但博正一站在馬房前，牠便放開乳頭，轉身站好面向博正。看來牠的眼睛已經能模糊視物了。小黑馬歪著頭注視博正。

「你真帥。」

博正對小馬說。

「你爸爸今年會有四十九個小孩喔。」

弗拉迪米爾去年春天和六十五匹母馬配種，其中四十九匹成功懷孕。

「你一定是裡面最棒的。田島牧場五天前也生下了弗拉迪米爾的小公馬，卻沒什麼看頭。」

博正彎下腰，將臉湊近花影的小馬。小馬往前一步，聞了聞博正。博正喊了一聲奇怪。小馬從花影體內探出頭來時，他看到牠額上有菱形的白毛。但現在一看，那不是菱形而是星形。昨天一定是因為濕漉漉的，白毛黏在一起，才會像菱形。博正凝神注視了刻在小馬額上那一小撮白毛的形狀良久。無論怎麼看，從哪個角度看，額上都是白色的星星。

額上有白毛的馬很多。四隻蹄全都是白的，額頭到嘴長了一整片白毛的，就叫作四白流星，但花影的小馬額上有的，就是一個完完整整的星形。不是流星，而是像破曉的啓明星一般，獨一無二，熠熠生輝的一顆星。博正相信這小小的白色星星，是暗示這匹小馬的將來的吉兆。這是天生便帶著光榮印記的馬。耳朵的形狀也很美，昂然挺立。頸長與身長的比例無可挑剔。而最重要的是那張聰明的臉。

「你一定會成為大明星的。會成為百年難得一見的名馬。」

博正一直注視著小馬，看得忘了時間。小馬也一直望著博正，但終於還是一個轉身，吸吮母親的乳頭。

花影的孩子無論是血統也好、相貌也好，確實都是A級的好馬。但是，博正心下也很清楚，誰也不能保證牠會成為博正忘我夢想的名馬。他自知此刻自己激昂亢奮，做著白日夢，但同時他也相信這匹小馬是懷著與衆不同的命運而生的。

日高、靜內和浦河，今年也會產下幾千匹純種馬。其中，也有好幾百匹的血統比花影的孩子更加值得期待。這就是現實。資本雄厚的牧場，去年特地將兩匹名母馬空運到美國，與美國的三冠馬交配，博正聽說再兩、三天就會出生了。與這些天價馬相比，將奇蹟般的夢想寄託在這匹額上烙下星印的漆黑小馬的未來，可以說是痴人說夢。也許等到牠兩歲，會成為隨處可見的平凡馬，每每拍賣都找不到買主便終其一生。博正往後退，然後轉身離開馬廄，在心中喃喃：看看牠額上那顆鮮明的星星吧。

「六月拍賣時他一定會頭一個賣掉。一定會有很多人競標的。」

他自言自語地說。

為何會對花影生下的小黑馬懷抱著非比尋常的夢想和熱情呢？博正不明白自己的心。雖然不明白，但他相信，那個名叫久美子的女孩一定也以某種形式介入其中。

三

花影生產過了七天，這段期間渡海牧場接二連三產下了五匹小馬。千造和博正忙得幾乎連睡覺的時間都沒有。馬兒生產後的第八天到第十二天是受孕期。所以一生產完，便必須立刻準備下一次配種。

千造將在牧場上曬太陽的花影牽到馬廄，橫田獸醫便問：「今年要和哪匹馬配啊？」

橫田發出一絲酒味。

「怎麼又大白天喝酒啊。有人叫你酒糟醫生喔。」

眨眨充血的眼睛，橫田不悅地吐了口口水。花影的孩子本來在牧場一角跑跑跳跳，看到母親被帶走，趕緊奔過來，緊挨著母親不肯離開。

「酒糟啊。說得挺妙的啊。」

橫田捲起白衣的衣袖，邊為右臂戴上長及肩膀的橡膠手套邊說。

「一天二十四小時隨時都一身酒味的意思嗎。」

這樣喃喃自嘲後，抓住花影的尾巴。花影已被栓起來，後腿被繩子拉開。然後橫田的右臂伸進肛門。整條手臂全部伸進去，隔著腸道為卵巢觸診，然後告訴千造：「差不多再三天吧。」

「今年我決定配貝詩禮。」

去年配了弗拉迪米爾這匹對千造而言可說是孤注一擲的種馬，所以今年選擇了作為公種馬尚未交出出色成績但血統十分值得期待的馬。

貝詩禮在德比大賽雖是亞軍，但六歲的秋天成為天皇賞馬，前年退休成為種馬。由於是內國產馬（出生、出賽都在日本的馬），子嗣又還沒有成績，所以配種費也才三十萬圓，相當便宜。這是因為貝詩禮的孩子目前連一匹都還沒有進入賽馬生涯的關係。貝詩禮的孩子要等到明年秋天才能參賽。

「去年賺錢了嗎？」

橫田問。

「欠了點錢。」

千造回答一點，但詳細數字是四百二十萬。千造培育出來的馬，有五匹在中央賽馬，在地方賽馬的有十八匹，但受傷休養的馬有五匹，其餘的也沒有跑出好成績。因此，賽馬會頒給育種者的育種者獎，他領到的獎金少之又少。而且去年培育了六匹馬，賣掉了四匹，還有兩匹沒有找到買主，留在牧場上。

「錢都花在弗拉迪米爾上了吧。」

橫田脫下橡膠手套，邊走向洗手的地方邊說。這時候，多繪從家裡後門小跑步來到千造這裡。
「孩子的爸，我看時間差不多了。」
「什麼時間？」
「聖子呀！她開始陣痛了。現在大概是每十分鐘一次，還沒有馬上要生，但畢竟是頭一胎啊。」
「哦，這次是人啊……」
「說得好像跟你不相干似的，這可是你的頭一個孫子呀！」
被多繪這一提，千造才恍然大悟。馬兒生產固然是大事，女兒生產當然也是大事。他摘下綁在頭上的毛巾，鬆開綁住花影後腿的繩子，然後牽牠到牧場的入口，輕輕朝牠屁股上一拍。花影與小馬並肩而馳，千造也快步走回家裡。
正在馬房裡換乾草的博正從多繪口中得知姊姊陣痛。
「又要生了啊。為了馬忙得昏頭轉向，把姊姊都給忘了。」
必須由博正開車送聖子到日高本線靜內車站附近的醫院。
「怎麼不叫爸送啊……」
博正語帶不滿。

「你爸有事非得去公會一趟不可。別發牢騷了，快把車開到後門。」

多繪與平時迥然不同，慌慌張張地回進屋裡。

依照預定，今天中午久美子就會結束還遊北海道之旅回到札幌。所以從剛才博正就邊換乾草邊等久美子的電話。多繪也要一起到醫院。父親又已經到公會辦公室去了，那家裡就沒人了。要是久美子這時候打電話來怎麼辦？博正一看表，十一點多一點。到醫院來回要三十分鐘，如果在醫院待上十五分鐘，這樣算起來是四十五分鐘。還可以在十二點回到家。

把事先為住院準備好的行李放進車子後車箱，博正就喊聖子和多繪：「我想在十二點之前回到家。你們能不能快一點啊？」

聖子為了穿鞋，蹲在進門的地方。有兩、三分鐘，她按著肚子，皺著眉歪著臉，所以博正雖然心急，也只好在駕駛座上等。聖子終於站起來坐上車，對坐在身邊的多繪說：「媽，你要一直陪著我喔。」

博正匆匆發車，加速在西貝查利河河堤狂飆。

「不用那麼趕啦。大概要到傍晚才會生吧。」

說完，多繪命博正減速。大約過了十分鐘，聖子又痛苦地按著肚子。

「自古以來，馬和狗也一樣，只要是女的就會生孩子。」

多繪對聖子說。

「可是，我是人呀！」

「人也一樣。當然啦，這對女人來說是一輩子的大事，但其實生孩子沒有你想的那麼難……」

到了醫院，在婦產科病房的病床上躺下，聖子便對博正笑。

「你很想趕快回去對不對。」

「哪有？」

「姊姊都知道的。」

博正望著姊姊的臉，沒說話。聖子開口要說什麼的時候，又開始陣痛，皺著眉按著肚子。不久陣痛過去，聖子青著臉面向博正。

「今天，她會回札幌對吧。搞不好會想再到靜內來看一下花影的孩子。所以你一直心不在焉的。」

「誰知道她會不會再來靜內啊。」

儘管覺得久美子搞不好跟聖子說過，但博正故意裝蒜。

「你怎麼會這麼想？」

「做姊姊的直覺呀。因為，你根本沒事卻坐在電話前，鈴一響就衝過去接。我就猜到了。」

多繪在醫院櫃台領了住院需知回到病房，博正便說：「那我回去了。」說完準備離開病房。結果聖子叫住了他。然後在博正耳邊悄聲說：「那女孩，你應付不了的。」

博正覺得深受侮辱，狠狠瞪著聖子。聖子溫柔地微笑。

「你的優點，要認識久了才知道。長得又不帥，嘴巴又不甜……要讓女孩子一見鍾情是絕對不可能的。」

「不好意思喔，我就是長得不帥。」

博正負氣低頭抬眼瞪聖子。

「你的優點，姊姊最清楚。可是，那女孩不是會被你的優點吸引的那種人。」

一離開醫院，博正便飆車回家，一路上想著姊姊這些話的意思。

「長得不帥，講得真直接。」

他注視著前方喃喃地說。他真的很生氣。可是，也覺得頭一次體會到姊姊對自己的疼愛。一回到家，想開後門，卻發現把家裡的鑰匙放在病房忘了帶回來。另一副鑰匙應該是父親千造帶走了，所以博正只有等到父親回來才能進家門。他繞到向陽的玄關那邊，坐下來，耳朵貼住門。

過了三十分鐘左右，電話響了。他小跑著繞了房子一圈，想看看有沒有哪扇窗忘了鎖，但每一扇窗戶都牢牢上了鎖。電話鈴聲終於停了。他心想，電話一定是久美子打來的。要是她再打來，他就打破廁所的窗戶進去，便又回到玄關坐下，把耳朵貼在門上。可是，接下來兩個鐘頭，電話都沒響。即使如此，博正還是一直等。一直到快四點，千造從公會辦公室回來，他都一直等著久美子的電話。

看到坐在玄關門前的博正，「坐在這裡幹嘛？」

千造問。

博正避開千造的視線，站起來。

「把鑰匙忘在醫院了。」

以低得難以聽見的音量這麼說，接過鑰匙開門進屋。然後，站在電話前，凝視許久。到了太陽要下山，必須把馬兒趕入馬廄的時候，電話響了。但卻是橫田獸醫打來的。

千造和博正在早上九點抵達輕種馬種馬場。將花影從運馬車上牽下來後，兩人便前往辦公室。陽光很强，但風也很强，這一天很冷。有好幾十頭母馬帶著出生不久的小馬。花影在這裡再次接受獸醫的診斷，檢查了卵巢的狀況，獲得許可後便要接受配種。

「小黑，你要跟緊媽媽喔。」

博正對小馬說。

小馬敏感地察覺種馬場異樣的緊張氣氛，不安地挨著母親。不知何時起，花影的孩子在渡海牧場就被叫做小黑了。種馬場停了很多運馬車，四處可見各牧場前來配種的母馬和育馬者。配種是在一幢天花板挑高的木造建築中進行，旁邊是檢查場，接受事前檢查的馬兒都繫在這裡。

身邊響起「克瑞凡駕到」的聲音，博正轉頭尋找聲音的主人。是來自帶廣的藤川傳三。藤川今年八十六歲，但仍是擁有六匹馬的現任育馬者。藤川老人指著由馬夫牽著現身配種場的「克瑞凡」，說：「果然好派頭。」

克瑞凡是目前日本配種費最高的馬，所產下的馬有好幾匹在重賞賽和經典賽[1]中獲勝，是幾乎不會生出一般馬的當代第一種馬。一看到博正，藤川老人便拄著枴杖走過來。

「聽說千造兄養出一匹好馬？」

「就是那匹黑色的。」

博正指指緊挨著正在接受檢查的花影的小黑，然後觀察藤川老人的反應。十六歲便全心投入育馬的這位老人眼光精準。藤川老人伸手按住頭上那頂想必是骨董級的獵帽免得被風吹走，向小黑走過去。博正也配合老人緩慢的步伐，一起走到小黑身邊。他摒氣站著，不知藤川老人會給什麼評語。

「小弟弟，真是匹好馬啊。」

藤川老人讚嘆地說。這位從博正還牙牙學語時便認識他的老人，至今仍喊博正小弟弟。而且，老人對於馬的評論絕不說應酬話。不好就直言說不好，好便坦白讚好。

「很好嗎？」

「是啊，這小子很能跑喔。」

「您為什麼會這麼想？」

「為什麼啊，這我也說不上來。就是看過去的感覺。這匹黑的眼睛很好，長相也好，看起來就是一臉聰明相啊。馬不聰明，就沒辦法成為一流。人也一樣。」

克瑞凡就很聰明——說完，藤川老人要博正跟著他走。在配種場的建築裡，正好有一匹母馬被繫著，後腿被綁起，略微張開，等候克瑞凡來配種。幾名工作人員站在母馬前後，有的抓住馬尾巴掀到腰際好方便交配，有的邊哄著跟著母馬前來正害怕的小馬，等克瑞凡勃起。晨光從配種場寬敞的入口照進來，讓略暗的室內飄浮在空中的塵埃如黃色微粒子般顯現。藤川老人在博正的伴隨下，來到配種場內，靠著角落木牆，說：「公馬一看到發情的母馬，一心就只想撲上去。這是牠們與生俱來的本能。但是克瑞凡卻明白那是自己的工作。因為是工作，就會好好幹。你等著吧。看看牠的表情。」

戴著白帽、穿著工作服和橡膠長膠的工作人員，個個一言不發。克瑞凡保養得宜的深棗色巨大身軀在朝陽下，聞風不動地昂然挺立。的確正如藤川老人所說的，像極了即將著手動工的人，整頓好身心的模樣。

「牠背上的凹陷很深吧。這是克瑞凡的特色。」

聽他這麼一提，往克瑞凡背上一看，放馬鞍的部分的凹陷果然比其他馬來得深。

「這匹馬的孩子，要是背長成這樣的，都很會跑。」

藤川老人這麼說的時候，克瑞凡巨大的身軀突然動了。鼻子吐氣，脖子左右大幅搖晃，開始跺腳。工作人員們齊聲吆喝。克瑞凡的馬夫大喝一聲，克瑞凡便猛然騎在母馬上。一名工作人員抓住克瑞凡挺立的陰莖，抵住母馬的性器官。小馬害怕得當場坐倒，全身發抖。隨著克瑞凡的腰部動作加劇，工作人員的吆喝聲也愈來愈粗暴。

「很好，再一下。」

馬的鼻息突然停止，工作人員喊「好，結束了！」後不久，克瑞凡便離開母馬，悠然回到原來的位置。馬夫用水桶裝了加了消毒液的熱水跑過來，拿毛巾浸濕了，仔細清洗克瑞凡交配完的陰莖。馬夫邊將水桶裡的熱水倒掉邊看藤川老人。然後露出黃板牙笑笑。

「今天還有三次呢。」
「一天四次嗎。好會賺啊。」
「第四次可就累了。這位大爺會遲遲不肯上工。」
克瑞凡一臉若無其事的神情，退回自己的馬房。
「一匹好馬會有好體格，好長相。都寫在外表和身形上。」
藤川老人那張刻滿皺紋的臉露出笑容，對走進配種場的千造說：「我正在跟小弟弟講馬呢。」
「那真是求之不得啊。我巴不得讓兒子拜藤川老爹為師。」
千造高興地說。
「我剛剛看過弗拉迪米爾和花影的孩子了。」
「老爹一定會說好的。」
「是啊，一匹好馬。我也想培養出那樣的馬。」
千造告訴博正，已經檢查完畢，取得獸醫的許可了。
「今年要配哪一匹？」
對於藤川老人這一問，千造邊離開配種場邊回頭回答：「貝詩禮。我想說不定會很有意思。」

千造和博正帶著檢查完畢的花影，來到不遠處的「催情馬」的圍欄那裡。小黑頻頻想討奶喝。

「再忍耐一下下喔。今天你媽媽很忙的。」

被博正雙手按住脖子，小黑鬧脾氣似地在半空中蹬腳亂踢。

「真是不聽話。」

千造又高興地說。花影本來和圍欄中的催情馬相對，但不久便走過來，開始鼻子哼氣，不停地在同一個地方打轉。千造拉起花影的尾巴，低聲說好極了，再度回到檢查場前。獸醫將為花影的生殖器周圍消毒，準備便完成了。工作人員從配種場來叫千造。

「可以了嗎？」

千造點點頭，工作人員一折返，便有另外兩位工作人員前來，將花影牽到配種場。博正站在配種場門口，望著種馬所在的馬廄。不久，一匹棗色馬由馬夫牽著現身了。博正在電視上看過貝詩禮獲勝的那場天皇賞比賽的時況轉播，所以一眼就認出那是貝詩禮。才八歲，身體似乎還能上賽馬場，但一近看，果然腹部和背上都長了肉，總有種蠻橫霸道的氣息。

「種馬總有點流氓樣……」

大概是聽到博正的話吧，藤川老人走過來，露出滿面笑容。

「那當然啦，小弟弟。靠和女人上床賺錢的男人，個個都是流氓沒錯。」

博正也和貝詩禮一起進了配種場。花影已經被閂好，後腿也用繩子綁好了。尾巴被捲起來，準備好接納貝詩禮。天啊！這樣根本形同強暴不是嗎。博正有點生氣，在內心暗自這麼說。他擔心花影，但更擔心小黑。小黑在閂著花影的柵欄的另一邊。也許是因為脖子被工作人員箍住了動不了，乖乖地定住不動。貝詩禮沉不住氣，不時磨牙，前腳踢地，但卻完全不願撲向花影。在一片寂靜中，唯有貝詩禮噴出的白色鼻息傳達出即將開始的這件事有多空虛。博正心想，快結束吧！馬夫急了，說：「好了，貝詩禮，大美人呢，快上啊。」

彷彿回應這句話一般，貝詩禮的動作突然劇烈起來，陰莖急速脹大。

「上！」

兩名工作人員引導壓在花影身上的貝詩禮的陰莖。

「這傢伙有個毛病，會裝作結束就中途不幹了。」

一名工作人員說。

「讓牠裝，反正也騙不了我們。」

另一名工作人員說。

「來，腰要多加把勁。」

貝詩禮的動作更加激烈，一陣微微的痙攣竄過全身。

「這可不是裝的。」

馬夫這句話，讓工作人員都笑了。貝詩禮一完成工作，陰莖消毒完畢，便搖頭晃腦地離開了配種場。那背影，在博正眼裡，宛如在鬧街昂首闊步的地痞流氓。

博正心想，什麼浪漫的血脈！對此刻的博正而言，馬匹在人們操縱下的交配，除了是人類的娛樂工具之外什麼都不是。

運馬車由千造駕駛，博正陪著花影。他們在過午時分回到渡海牧場。小黑一下運馬車，便開心地跳來跳去。不久，花影和小黑便消失在牧場遠方。

「我長這麼大從來沒這麼忙過。」

博正啓動了小貨車的引擎，大聲對千造說。他得去接生完孩子要出院的聖子回家。聖子生下一個女嬰。生產過程順利，渡海牧場今年順產連連。

這一晚，渡海一家舉辦了一場小小慶祝會，慶祝聖子生產，也慶祝馬兒們平安生產。

「也有這樣的年頭啊。」

喝了點小酒便滿臉通紅的多繪說。

「花影就不用說了，其他的馬兒也產下不錯的小馬，聖子雖是頭一胎，但真的生得又快又順。」

「佩羅也生了八隻小狗。」

千造開心地接著說。

「可是，今年出生的小馬要賣錢，還得等上一年啊……」

博正低聲這麼說，千造盯著他的臉看了一會兒，

「才一年，一下子就過了。只要勉強過得去就行了。看爸爸的。只要借到錢，優勢就在我們這邊。沒什麼好擔心的。才四百萬，還得起的時候一下子就全還掉了。」

因為比平常多喝了些，千造有些口齒不清。

吃過飯，聖子説餵奶的時間到了，便回自己房裡去了。博正躺在客廳的沙發上看電視時，穿著睡衣的聖子從廚房叫他。聖子默默進了自己的房間。博正納悶是什麼事，站在姊姊房門前問：「幹嘛？」

「我回到家的時候看了一下信箱，裡面有這個。」

説完，聖子將一張明信片遞給博正。寄件人是和具久美子，收件人是渡海千造先生。

「我還沒給爸爸看，想説要先給你看。」

博正在嬰兒睡的被窩旁坐下，看了明信片。

——您好！非常感謝您上次對家父與我的照顧。託您的福，讓我的北海道之旅非常愉快。我環北海道一周回到札幌那天，原本想再次到靜內看看那匹小馬的，但打電話到府上，似乎沒人在家，沒有人接聽。我想您一定非常忙碌，便直接從千歲搭機回家了。下次，我想去看看夏天的北海道。請代我問候您一家人——

博正把明信片上的文字反覆看了好幾次。心想那通電話果然是久美子打來的。

「對不起呀。」

聖子直盯著博正的臉這麼說。

「電話一定是在你送姊姊去醫院的時候打來的。姊姊看到的時候，覺得你可能會恨我一輩子。」

「電話不是送姊姊的時候打來的。」

博正朝聖子的孩子看，這麼說。

「我回到家，過了一會兒電話才響的。」

「那你怎麼不接？」

「……我把家裡的鑰匙留在病房忘了拿。爸爸又出門了，家裡的窗戶全都上了鎖，進不來。」

聖子一臉訝異地望著博正。

「剛生完小孩不是不能看東西嗎？」

「可是，上面寫著和具久美子，我還以為是寫給你的，忍不住就瞄了一下。」

「怎麼可能是寫給我的。我長得又不帥，也不酷。」

聖子輕聲一笑。

「你介意呀？」

看博正不說話，聖子在自己的鋪蓋躺下來，

「可是，畢竟是姊姊害你沒接到電話的。要是沒去醫院，你就接得到了。」

語氣十分感慨。

「這種事誰也料不到啊。不要隨便亂同情好不好。那種女生，又沒有特別怎樣。」

博正來到起了風的戶外，朝馬廄的方向漫無目的地走去。風已經不帶寒氣，讓人相信遲來的春天終究到了。

他忽然想起一件事，便轉而朝向牧場。鑽過柵欄，走過漆黑的牧場。在上了白漆的柵欄向右彎的地方停下來，心想久美子連一句話都沒有寫給自己。是因為她完全沒將自己看在眼裡嗎？

沿著柵欄下了坡，來到西貝查利河河畔。在一個大樹墩上坐下，出神地看著西貝查利河水面若有似無的矇朧水光。仰望夜空，下弦月掛在西方的天空中。風送來青草香，但立刻將之轉變為馬糞味兒。他想起，他還沒有為花影順利產下一匹好馬和姊姊聖子平安生下女兒的事向西貝查利河道謝。他站起來，在黑暗中跪下，低著頭，誠心誠意感謝神明實現了自己的願望。

博正忽然考慮起該不該將自己對久美子的心意當作一個願望向西貝查利河祈禱。

然而，該怎麼祈禱呢？博正再次在樹墩上坐下，試想自己到底想要什麼。現在，自己和久美子都十八歲。但幾年後，等自己獨當一面，就算久美子完全沒有那個意思，他也想把自己的心意告訴她，也許她會嗤之以鼻。但就算會遭到恥笑，就算不被看在眼裡，他也要說出對久美子這個美麗的女孩的心意。博正又跪在河畔，祈禱將來有一天，能夠大大方方地將自己的心意告訴久美子。他一心一意祈禱了好久好久。

結束祈禱，博正爬上河堤，沿著白色的柵欄跑。然後來到馬廄前。卸下門閂，打開電燈。馬兒們注意到博正，鼻子哼氣。本來睡著的小馬，和母馬一樣做出露出牙齒的樣子。博正走近花影的馬房，朝裡看。躺在乾草上的小黑爬起來，朝博正伸出的手走過來。小黑舔舔博正的手，用還沒有長牙的嘴輕啃。花影本來站著睡，但一度抬起眼，舔舔小黑短短的尾巴，隨即又閉上眼睛。

「藤川老爹可是拍胸脯保證了喔，他說你將來會是一流的。克瑞凡算什麼。等你從賽馬場上回來當種馬的時候，那種馬只能夾起尾巴落荒而逃。」

然而，小黑若要在好幾年後作為種馬再度回到出生的故鄉，就必須先以賽馬的身分留下偉大的光榮事蹟。博正心裡很明白，但卻幻想著一幅又一幅令人怦然心動的場景，向額上有著鮮明星印的小黑馬淘淘傾訴，說得忘了時間。

1——皐月賞、櫻花賞（限母馬）、優駿牝馬（即日本橡樹大賽，限母馬）、日本優駿（即德比大賽）、菊花賞的總稱，規定只有三歲馬才能參加。因遵循英國傳統體系，稱之為經典賽（Classic Races）。

第二章　高多芬之血

一

年輕藝妓在日式宴席正中央突然倒立，白皙的小腿肚緩緩向和具平八郎靠近。藝妓為了維持倒立不倒，原本筆直豎立的隻腿從膝蓋的部分彎曲，略微向後退，但又再度搖搖擺擺地朝平八郎靠近，膝蓋夾緊，讓和服衣襬不能再往下掉。平八郎請來的客人當中，有好幾人和著三味線的音樂拍手。

其中有人一雙充血的眼睛死盯著藝妓的臀部大聲說：「腿不張開，會倒喔。我們已經打賭你底下有沒有穿內褲了。來，快讓我們看看。」

藝妓力氣用盡倒下，男人們爬過榻榻米撲上去，要掀她的和服衣襬。其他藝妓們又高又尖的笑聲，以及一臉看不出是在笑還是在哭的表情到處竄逃的年輕藝妓的尖叫聲，夾雜著一味重複同樣旋律的三味線琴聲，讓平八郎空虛的心想起山峽深處水量稀薄的瀑布水聲。獨自呆立在那道瀑布前不知歸去，是八年前的事吧……平八郎這麼想的時候，祕書多田向他使了一個眼色。平八郎假裝要上廁所離開了宴客包廂，走過料亭擦得雪亮的長廊。多田悄悄追來。

「客人我會妥善應付的。」

「好。不過就算我不見了，也不會減了他們的興致。」

「他們更關心倒立的藝妓和服底下是什麼吧。」

「那個年輕的藝妓叫什麼名字？」

「不知道。我回頭再打聽。」

「多給點紅包。」

平八郎露出笑容，多田時夫低低應聲是，跟著他來到料亭的玄關。把多田調到祕書室是平八郎的意思。和具工業株式會社的本社位於大阪的淀屋橋，在東京、靜岡、岡山、福岡有分社。多田時夫大學畢業後進入和具工業，經過大阪本社三個月的研修，被分發到東京支社營業部。多田時夫在東京出生長大，大學念的也是東京的私立大學，並且也應東京分社長的要求在東京分社待了五年，但七年前，平八郎將他調到本社的祕書室。平八郎早在十兩年前多田進公司時便已決定這麼做。這麼做並沒有明確的理由。而是多田時夫這名青年給他的第一印象中有什麼吸引了他。在十五、六名新社員當中，多田當時還稚氣未脫的風貌中帶著一股英氣，抓住了平八郎的心。

平八郎穿上鞋，走向停在料亭前等候的車，走到一半停下來叫道。

「多田。」

多田匆匆趿了料亭的木屐跑過來。平八郎抬頭看個子高的多田。

「我可能會再買馬。」

「您上次才說要金盆洗手的……」

多田時夫的臉上露出微笑。

多田端正知性的臉有幾分令人難以接近的氣質，這張臉上出現的微笑有兩種。無論對方是社長平八郎還是關西財界大老，帶著毫不在意的神氣擺明了諷刺揶揄的微笑，以及宛如父親滿足小小孩任性的微笑。這兩種微笑，不知為何總是能安撫平八郎的心。

「要是你說我們沒這個錢，最好不要，那我就不買。」

藝妓們的嬌呼和三味線的琴聲，傳進了佇立在從料亭玄關一直蜿蜒到大門的青苔踏石上的平八郎耳裡。

「您該不是要買上億圓的馬吧？」

「大概要拍賣競價吧。不過就算這樣，頂多也四千萬吧。一座小牧場的主人拿他最好的母馬來配弗拉迪米爾。我倒是有點吃驚。如果是有錢的大牧場也就罷了，但我萬萬沒想到那個渡海千造會配出這樣一匹馬。花影和弗拉迪米爾的孩子，一定會在兩歲的拍賣會之前就找到買主。」

「您看過那匹小馬了嗎？」

「沒有，看了一定會很想要，所以故意不看，但還是很掛念。」

「有什麼值得您掛念的？」

「我有預感，牠一定很會跑。」

多田遲遲不肯表達自己的意見，所以平八郎便說：「喂，能買就能買，不能買就不能買，你好歹也說一聲啊。」

但多田還是露出他獨特的微笑不開口。多田先起步，打開了車門。平八郎坐上車之後，他關上門，說：「我不懂馬。」

「好，那意思是為了買馬弄到公司倒閉也沒關係嘍。公司倒了，你、我和一千兩百名員工大家都要喝西北風喔。」

「才四千萬，倒不了的。」

多田這麼說，微笑驟然消失，望著平八郎。然後問道：「您打算用公司的錢來買？」

「我曾經拿過公司的錢買馬嗎？」

「沒有……我都納悶您為何不這麼做。因為如果您想這麼做，是辦得到的。王鞍光學的社長就在浦河開了王鞍農場，將產馬和賽馬當作事業來經營，您也那麼做不是很好嗎？」

和具平八郎從車門探出身來，指頭輕輕戳著多田的胸口說：「王鞍三千男啊，說要用電腦來計算馬的配種。聽說美國一部分的大牧場很久之前就用電腦來生產馬了。幾百頭種馬和母馬，父系的父親、父系的母親、母系的父親、母系的母親、再上一代的父親的父親、母親的母親，這些全都輸入電腦裡，計算出哪匹馬和哪匹馬交配會生出什麼樣的孩子。這樣生出來的東西，能叫生物嗎！那種東西根本就是長得像馬的機器！」

說完這番激動得連自己都多少感到難為情的話，平八郎壓低聲音，繼續說：「我買馬，不是要用來賺錢，也不是想當賽馬馬主。」

平八郎命司機開車。

「到家裡嗎？」

司機問。

「不，到寶塚那邊。」

年輕的司機應「是」的聲音感覺有些失落。平八郎想起這位姓今井的司機結婚還不到兩個月，便從後面拍拍他的肩。

「我去去就走，別這麼失望。讓新婚的人工作到深夜，我真是個不識相的社長啊。」

到寶塚的日子，回到位於蘆屋的家一定會超過十二點。司機要從蘆屋再回港區自己住的社區，見到新婚妻子時都一點多了吧。平八郎這麼認為，所以去寶塚的日子，第二天都會將自己上班時間延後許多，好讓新婚的年輕司機可以睡晚一點。

「新婚感覺如何啊？」

平八郎在車子駛上阪神高速公路時問今井。

「噢……」

今井先不置可否地應了一聲，然後說，「結婚前，老婆說，窮也沒關係，只要有愛就好。結婚才兩個月，就變成愛一點都不重要，只要有錢就好。」

平八郎放聲笑了。

笑完，忽然覺得奇怪。他們又還沒有孩子，自己付的薪水並不比別人少。結婚才兩個月的新婚妻子怎麼會發這種牢騷？平八郎心裡有譜，便若無其事地追問下去。

「上次京都賽馬，飛躍和具跑第三啊。」

「……嗯。」

「我記得你說你打算以飛躍和具來包牌是吧……」

「……是的。」

「我和馴馬師那時候都認為絕對不會跑到第二名之外，結果卻跑出了第三。哪匹馬會贏會輸，就連馴馬師和騎師都不知道。畢竟比賽的是馬。賽馬是遊戲。用超過自己能力範圍的錢來買馬票，是贏不了的。」

「……是。」

「你用飛躍和具來買包牌，買了多少？」

「一注五百。」

平八郎扶著副駕座的椅背，盯著今井的側臉，逼問：「到底買了多少？」

今井猶豫了一陣子，但終於回答：「一注一萬。我以前沒玩過賽馬。半年前，聽社長和馴馬師增矢先生說起，就買了夢幻和具四注，一注一千。結果彩金是七千四百圓，扣掉本錢還賺了七萬。第一次買馬票就賺了七萬，我就想，原來賽馬這麼好賺啊……」

「反正你一定是借錢在買吧。」

今井不作聲了。

「你現在借了多少會生利息的？」

「七十萬多一點。」

「笨蛋！」

平八郎罵歸罵，但認為今井這個根本不知賽馬為何物的青年竟會去買馬票，甚至因此背了高利貸，對此自己多少有點責任。平八郎對今井說，七十萬他會代墊，再慢慢從薪水裡扣還，並叮嚀他：「以後別再這樣亂買。」

今井望著前方，不斷低頭道謝。

「馬啊，是夢想。」

平八郎心不在焉地朝速度表上淡淡的綠色燈光看，這樣低聲說。

「對馬主來說是這樣，對買馬票的人也是。有兩百圓就買兩百圓的夢想，有一千圓就買一千圓的。那是用掉了也不會心疼的錢去買的夢想。你千萬別忘了這一點。」

可是，平八郎雖然這樣教訓今井，心裡卻浮現了二十五年前細雨如煙的京都賽馬場。每每回想起來，那淒冷蕭瑟的情景中道不盡的寂寥便又添上幾分。

那時父親已過世三年。平八郎繼承亡父之後而成為和具工業社長，當時三十四歲。三個月前開出的五百萬支票將在兩天後到期，平八郎四處奔走籌措，好不容易籌到的錢還不到兩百萬，下個星期一一到就等著破產。他將這兩百萬的鈔票塞進口袋，在京橋上了京阪電車。抵達賽馬場時是下午兩點過後，他向淀車站前擺攤的一個預測員那裡買了油印的預測報和出賽表。

他只有兩個選擇。要不就是把兩百萬變成五百萬，要不就是把這些錢全都變成廢紙，搞垮父親胼手胝足建立起來的公司。他靠在終點前的柵欄上，沒有買馬票，看了兩場比賽。只要把兩百萬變成五百萬就行了。

第九場比賽有六匹馬上場，三號馬和六號馬的被標注的記號最多。他到公布欄去看這天已經揭曉的比賽結果。最熱門的馬和次熱門的馬同時跑進一、二名的比賽還沒發生過。當時還沒有發表賠率的作法，只能看記號多寡來猜測。二點五倍，運氣好的話也許有三倍。而大熱門和對抗馬同場競速的比賽就只有這第九場。他這麼想。他沒有去看馬繞場。問題不是下注的馬的强弱，而是自己人生流年運勢的强弱——他以莫名輕鬆的心情這麼認為。

他將兩百萬推進投注窗口，說「三—六」。接過一疊在數字上打了小洞的馬票，再度回到終點的柵欄那裡。

十一月的毛毛雨，從西裝肩頭滲進來，濡濕了平八郎的上半身，讓他又冷又痛，連牙根都無法咬合。六匹馬起跑的瞬間，他以為他會死。因為自己的心臟前所未有、異常快速而劇烈地跳動，令他感到無比恐懼。他渾身發抖，眼睛緊盯著他倚靠的欄杆上白漆剝落的地方。

歡呼聲響起，一團馬蹄聲靠近的時候，他膽顫心驚地抬起頭。三號馬以遙遙領先之姿抵達終點。他看第二名。是五號。輸了。

正當他這麼想的時候，六號馬緊貼著內側柵欄趕上來。這匹六號馬和五號馬競相抵達終點那僅僅不到一秒的瞬間，有時候平八郎會覺得彷彿長達好幾個小時。連勝單式（依序指定第一及第二名）三—六的賠率，比平八郎預估的更高，是三點六倍。他將七百二十萬圓的紙鈔塞進身上能塞的口袋，以逃離阿鼻地獄的心情離開了賽馬場。

兩天後的星期一，銀行開門的同時，他將五百萬圓存進戶頭，一回家就鑽進被窩，熟睡到傍晚。醒來下了床，縮起被强烈的倦意包圍的身體，端正跪坐，發誓無論發生什麼事，這輩子都不再碰馬票。然後他試著回想拯救了自己的六號馬的名字，卻怎麼也想不起。但不知為何，他清楚地記得騎那匹馬的騎師的姓名——增矢。然而，平八郎從來沒有將這件事告訴過如今已成為一名老練馴馬師的增矢武志。

車子駛入寶塚市內時，平八郎覺得自己的人生，是從那荒涼淒清的賽馬場終點前的白柵欄那裡開始的。自己在心臟强烈的跳動與顫抖中，匆匆領取了彩金，直接走回淀車站，但回想起來，那條路一直通到今天。為了讓製造電視、收音機零件的小小和具工業發展成上櫃公司，他做生意的手段也相當毒辣。向一家外包公司下大訂單，算準了對方為了交出訂單而擴充廠房、增加雇員的時候，再突然終止下單。對方遭到晴天霹靂，上門哭訴。但他一定要找藉口停止交易。然後等時機一到，便以低得離譜的價錢將這家外包公司整個合併吸收至和具工業。曾被大型電機製造商以同樣的手法逼得幾乎倒閉的經驗，讓平八郎學會了這種做生意的方法。

大約在十五年前，他觀察到電子零件的時代即將來臨，便延攬了電機專業技師，著手開發製造ＩＣ零件。為此，他在岡山建造了占地三萬坪的工廠。和具工業作為ＩＣ零件專門供應商，發展至今，已有能力接大型電機製造商的大單，員工人數也超過一千兩百名。

然而，自己曾對窮外包工廠做的事，將來大型電機製造商很可能拿來對付和具工業，此番憂慮已在這一兩年正漸漸成為事實。

今年二月，三榮電機將往常的訂單減半。平八郎確實知道這背後必有陰謀。明知必須及早籌劃對策，但該如何與大資本對抗，他還沒有具體的方案。剛才，關上車門後，收起微笑的多田的臉，是無言地警告他大資本的陰謀已經悄悄爬到腳邊了——平八郎這麼想。

車子在閑靜的住宅區一角停車。

「我三十分鐘就出來。」

平八郎留下這句話，來到一幢被植栽包圍的小小木造兩層樓建築，按了門鈴。這房子，是十五年前平八郎買給田野京子的。在去年底京子突然造訪公司之前，這十五年來他沒有踏進這房子一步，甚至沒有靠近過這一帶。但事隔十五年重逢，被告知誠嚴重的腎臟病症狀以來，平八郎每個月會來找早就分手的京子一、兩次。

種在玄關旁的木蓮長出了大朵的花。當他心不在焉地望著這樹花，想著「好寂寥的花啊」時，門開了。

「對不起，打電話到公司打擾你……」

京子那張小臉讓人懷疑她是不是又瘦了些，一雙大眼睛落在平八郎領帶的結眼上說。平八郎一語不發，走進四坪大的客廳，背對壁龕坐下。

「怎麼了？需要的錢我不是每個月都派多田送來嗎？」

京子在茶壺裡加了茶葉，以熱水瓶注入熱水，垂著頭說：「一個星期前，醫生建議我們換腎。」

「換腎……情況這麼差嗎？」

「現在是每星期洗兩次腎，可是醫生說這樣已經不夠了。」

然後京子停住拿起茶壺的手，終於注視了平八郎的眼睛。

「醫生說，男孩子的話，換父親的腎成功率最高。」

平八郎和京子默默無言地望著彼此的眼睛好一陣子。十五年前，平八郎好說歹說求京子把肚子裡的孩子拿掉，但京子怎麼也不肯點頭。我不要分手費，也不要孩子的養育費。我想把孩子生下。請讓我生下。我自己會養育孩子，如果你說要分手，我也會照做。而且我答應你，再也不會出現在你眼前。我絕對不會做擾亂你家庭的事。只求你讓我生下孩子。京子這麼說，抽抽噎噎地哭著懇求。

十五年前，平八郎和妻子美惠之間，已經有了三歲的久美子。田野京子在自己公司的會計部門工作，唯有一雙大眼睛引人注目，實在說不上美人，三十六歲，三年前死了丈夫。之所以會和她發生關係，平八郎只能以酒精和工作太累忽然著了魔來解釋。

京子告訴平八郎她懷孕時，他並不怎麼慌張。因為他料想京子會把孩子拿掉，就算多少耍點任性，用錢就可以解決。因此，他對於京子意外的決心慌了手腳。她說，我完全沒有再婚的打算。儘管想要孩子，但和亡夫之間卻沒有孩子。會懷上你的孩子，一定是上天的意思。我相信要是拿掉這孩子，一定會孤老終生。請讓我生下孩子。我有簿記一級的資格，不愁找不到工作。我一定會靠一己之力將孩子養大的。請讓我生下孩子。京子流著淚，一次又一次堅拒平八郎的遊說。京子隨即便辭掉了和具工業的工作。

平八郎買了寶塚的房子給京子，不是為了她，也不是為了自己即將出世的孩子。而是因為絕對不能相信女人說以後絕對不會做擾亂你家庭的事這種話。只要生下孩子，對方便占盡優勢。因此，為免將來麻煩，才會想到買房子給她當作分手費。一封聊聊數行的信寄到公司，說生下了一個男孩，取名誠，接下來十五年，京子言而有信，從未在平八郎面前出現。所以去年底，當多田報告：

「有一位田野京子女士想見社長，在下面的櫃台等候，您要見嗎？」

平八郎在驚愕的同時，也心想，果然來了。總不能趕她走。平八郎判斷這時候站穩腳步看對方怎麼出手才是上策，便要人將她帶到會客室。然而，京子前來，並不是要從如今已發展成大公司的和具工業社長和具平八郎身上要求補償。而是一個獨子身患重病的母親，在走投無路之下向孩子的父親求救。

「你喜歡木蓮花嗎？玄關旁邊和院子裡都種了木蓮。」

平八郎朝庭院看，低聲說。

「我喜歡木蓮花呀。所以每年都很期待春天……」

「我這十五年來從來都不曾想見誠一面。有時候，忽然會想起除了久美子以外，我還有一個孩子，但卻從來沒有想見見他，或是想知道他現在過得怎麼樣。」

平八郎喝了茶，朝京子看。京子的視線望向木蓮花，沒有回答。

「醫生建議動換腎的事，你告訴誠了嗎？」

因為平八郎這句話，京子將視線從木蓮花上抽回來，端正坐姿，臉色更加鐵青，然後回答：「告訴他了。」

「誠怎麼說？」

「他說……可是，我又沒有爸爸。」

「你是希望我把兩個腎的其中一個分給誠，是吧？」

京子沒有回答，站起來走進隔壁房間，拿了幾本相簿回來，在平八郎身邊坐下，準備打開。平八郎伸手按住相簿封面。

「不要這樣。我這輩子都不想知道他的長相。」

「就算是父親，要是血型不同，也是無法移植的。誠是B型，我是A型。

要是父親是B型以外的血型，我們也只能死心。」

「我是B型。」

平八郎瞪了京子一眼，忿忿地說。然後站起來。幾分和憤怒不同、卻又只能用憤怒來形容的情緒在平八郎心中竄起。這令平八郎的動作粗暴起來。平八郎看也不看京子遞給他的鞋拔，鞋還沒穿好，便匆匆走向車子。對下車幫他開後車門的今井丟下一句：「回家。」

他撇過頭不去看在黑暗中開得碩大的木蓮。

那一瞬間，對自己那個未曾謀面的兒子，首次產生了疼愛之情。只覺得好心疼、好心疼，心疼得不得了。平八郎想甩開這樣的情緒，對今井說：「我又要買馬了。」

「你記得花影嗎？四年前伊莉莎白女王盃最受歡迎的馬。牠是風暴超人和莉莉艾斯的孩子。雖然沒贏過經典賽，不過是頭好母馬喔。」

「我不記得。因為那時候我還沒有接觸賽馬。」

「這花影生下了弗拉迪米爾的孩子。是匹漆黑的馬。花影是鹿島德市的馬，所以他很想要這匹小馬，但我絕對要買到手。」

「您說的鹿島先生，是東京重機的那位鹿島先生嗎？」

「沒錯。明明錢多得發霉，卻忙著硬逼自己的馬去賺獎金的小氣鬼。」

平八郎想起和說要跟朋友去北海道旅行的久美子一起到渡海牧場的事。

平八郎並不是想看牧場，也不是想看馬匹生產。而是想製造難得與女兒獨處的機會，好告訴久美子她有個得了重病的同父異母弟弟。為此，他特地抽空前往北海道的偏遠之地，但結果還是不敢將自己的祕密告訴久美子。話都已經到喉嚨了，卻又認為久美子是個才十八歲的小姑娘，還不到可以包容父親過去造的孽的年紀，終究沒有告訴她，自己一個人回到大阪。

「增矢跑牧場跑得很勤，一定已經看過花影和弗拉迪米爾的孩子了。他一定會來問我的。」

回到位於蘆屋高地上的大宅，女僕為他開門時，妻子美惠在別棟裡憂鬱地彈撥的三味線琴聲，有如隆冬的細雨般冷冷地打在平八郎心頭。

二

寬敞的社長室西側整片都是玻璃圍幕，夏天從中午到太陽下山這段時間，陽光都不間斷地射進來，所以設計師建議捨玻璃圍幕改採有隔熱材質的厚牆，但平八郎卻大膽鑲了玻璃，以便眺望堂島川與土佐堀川延伸而過的大阪街景。

社長室位於大樓的八樓，所以能夠看到斜陽鍍金的河川、橋梁、建築物彼方，如同整面都抹上混濁朱紅顏料的大阪灣海面。白天，房間以綠色地毯和同色窗簾來遮光，但平八郎會在夕陽落到與視線同高時拉開窗簾。然後慢慢享用香菸，佇立在大片玻璃前，欣賞大阪西側的風景。這已成為他的習慣。望著橘色逐漸轉變為紅鏽色，努力讓自己的心從銷售數字、銀行融資等充斥社內的所有棘手問題中解放。要得到這樣一段時間，眼前有一片瀰漫著終結感的風景，對平八郎而言，正是絕佳的清涼劑。

平八郎的視線追著一艘沿堂島川而下的小波波船，看著它駛入安治川，不久又沿安治川緩緩向左轉，消失在倉庫與老舊大樓的雜陳群聚之中。有人敲門，傳來話聲。

「我是多田。」

平八郎一應聲，多田便進了室長室，關上門。

「我去過了。」

多田直接站在門前說。平八郎拉上窗簾，在房間中央的沙發坐下，要多田也坐下。

「真不知醫院人怎麼那麼多。我足足等了三個小時。」

「見到主治醫師了嗎？」

「見到了。也向醫生請教了誠的詳細病情。」

「所以我們這邊的關係也全都毫無隱瞞地說了？」

「是的，不然醫生也不肯透露病情。」

多田本來一直觀察平八郎的表情，終於說了。

「聽到誠有父親，醫生也吃了一驚。」

「真的到了非換腎不可的程度了嗎？」

接下來，多田打開記事本，將從醫生那裡聽來的誠的病情，說給平八郎聽。

發病是在十一歲時，被診斷為急性腎臟炎，住院三星期，經化學治療後痊癒。十三歲時扁桃腺腫大發高燒，之後再度併發腎臟炎住院。出院後的尿液檢查發現紅血球和尿蛋白，定期就醫持續了七個月的化學治療、飲食治療，但病情一直沒有好轉。腎臟炎慢性化，換藥，住院接受精密檢查。被斷定為慢性絲球體腎炎。出院後第四個月，血壓上升、貧血、體重明顯減輕，又查出血液中累積了尿素、尿酸、肌酸酐等尿素氮。於是開始一星期兩次的洗腎。去十一月，貧血更加惡化。嘔吐、頭痛的次數也增多，已惡化為慢性腎臟病。

「夠了。我知道了。」

平八郎打斷了讀著記事本的多田。多田闔起記事本，但頓了一會兒，又說：「洗腎雖然能夠改善尿毒症，但這個方法有數不盡的缺點。萬一發生併發症，便不適合洗腎，唯一的解決辦法就是腎臟移植。醫生是這麼說的。」

平八郎正想說什麼的時候，多田點了菸，視線追著吐出的煙，繼續說下去。

「最好是雙親或是兄弟姊妹捐出一個腎臟。但是凡是別人的腎臟，就一定會有抗原性，所以要進行組織配對檢查，找出最適合的捐贈者。醫生是這麼說的。第一個條件，便是血型要一致。醫生問起父親是什麼血型，我便回答與誠一樣是B型。」

平八郎再度拉開剛才拉上的窗簾。太陽已經下山，無數的車尾燈看來猶如在水都的薄暮底部流動。

「我悄悄去病房看了誠。因為太像社長，吃了一驚。」

「不要多嘴！」

平八郎回頭怒喝。然後抓起自己桌上的雜誌，朝多田胸口扔。無論是對多田還是對其他所有社員，平八郎都不曾以這種方式發洩自己的情緒。多田低聲說聲對不起，臉上淡淡浮現微笑。

「有什麼好笑？」

平八郎又發飆了。

「你為什麼要去見田野京子的兒子？我只叫你去向主治醫師問清楚那孩子的病情。孩子跟我長得像不像和你有什麼關係？我把京子和誠的事告訴你，可不是想找你商量或是要你出主意。少自以為是。你是我的祕書，只要把我交代的事做好就行了。」

「我不敢自以為是。若我做了什麼讓您這樣覺得，那麼我該向您道歉。真的非常抱歉。」

多田臉上依舊掛著微笑。他撿起打到自己胸口後掉在地毯上的雜誌。

「可以說說我的心情嗎？」

平八郎在辦公桌前的回轉椅坐下，瞪著多田，微微點頭。

「我結婚快八年了，但一直沒有孩子。我和內人都非常渴望有小孩，卻一直沒有消息。所以，去年春天，我們鼓起勇氣，兩人一起到醫院檢查。我一直認為，如果我們當中有人身體有缺陷，那一定是內人，但結果是相反的。原因出在我身上。醫生說，我的精子數量只有常人的三分之一。我沒有在青少年時期得過腮腺炎，也沒有得過會影響精子產生的疾病。只能說，我這毛病是先天的。我死心了，但我常會想，不知內人的心境如何。有時候我喝醉了，會去糾纏內人說，如果你想要小孩，我可以和你離婚。這世上，有很多夫婦沒有孩子，也有很多夫婦為孩子吃盡苦頭。每次我這樣糾纏，內人都會哭著要我不要說這種話。」

多田說到這裡就打住了。

等了半天也不見他有繼續說下去的樣子，平八郎便催促道。

「我在聽啊。話別只說到一半。」

這次，多田臉上出現了明確的微笑。

「頭一次聽社長說起那件事時，我心中也想了很多。」

「想了很多是想了哪些？」

「就是想了很多。全都是些難以用言語表達的。」

多田垂眼想了想，然後這麼說：「誠與我沒有任何關係，我當時也沒見過，但我心裡想，絕對不能讓社長的兒子就這樣死去。我想知道我能不能幫上忙。雖然我知道您一定又會罵我，叫我不要多事……所以，今天我裝作要探病卻走錯病房，去見了誠。」

說完，要結束話題般看了看表。然後站起來，報告：「您和增矢先生約好七點在中央飯店的酒吧碰面。現在已經七點十分了。」

平八郎準備離開社長室時，叫住多田時夫。

「你還有工作要做嗎？要是結束了，也一起來吧？我請你吃中央飯店的牛排。」

見平八郎露出笑容，多田也笑了，走出社長室。

在前往飯店的車上，平八郎對坐在身旁的多田說：「你看過馬配種嗎？」

「沒有。」

「季節一到，搶手的種馬就要和一百頭以上的母馬配種。可是種馬從來沒看過自己的孩子。牠的孩子會成長為什麼樣子、會如何從賽馬上場消失，牠完全不知道。只是配種增加子女而已。我開始買馬之後，頭一次在北海道的種馬場看到配種的場面時，忽然想起京子。我是生物，馬也是生物。於是我下定決心，完全不要去想誠。可是，我是人啊，不是馬。唉，天底下的事哪有這麼簡單呢……」

中央飯店地下一樓的酒吧最後面的席位上，增矢武志照例啜飲著熱白蘭地等候平八郎。

他是大阪河內一戶貧窮農家的孩子，從小就體型嬌小，到了十五歲身高還不到一百五十公分，因此在地方賽馬場上當馬夫的表哥建議下，立志當騎師，十八歲取得騎師資格。若將二次大戰時被徵兵、戰後賽馬再度復活前的這六年空白也算進來的話，他的騎師生涯長達二十二年，於十五年前成為馴馬師。平八郎是在如今已不在世的關西瓦斯副社長下田菊太郎的介紹下，見到當時成為馴馬師還不到兩年的增矢武志。平八郎見到與自己幾乎同齡的增矢，感到緣分真是不可思議。他並沒有忘記，站在眼前的這位新手馴馬師，便是幫他將那一賽定生死的可怕馬票變成七百二十萬圓的人。平八郎已發誓這輩子再也不碰馬票，但下田菊太郎卻勸他買馬。

平八郎完全無意於此道，卻也不敢隨便拒絕關西財經界大老下田菊太郎的邀約，對方說要為他介紹一個雖是新手卻能與馬溝通的馴馬師，在不感興趣之下，與眼睛吊得異乎尋常地高、嘴唇肥厚、長相特異的馴馬師交換了名片，訝異地盯著上面印的增矢武志這幾個字直看。平八郎至今仍認為，要是下田當時介紹的是別的馴馬師，他絕對不會買馬。

平八郎為遲到道歉後，對增矢說：「我對一匹小馬有點興趣。」

昨天早上增矢打電話來，對平八郎說了同樣的話。那時，增矢一個字都沒有提到那是匹什麼樣的小馬，但平八郎確信一定是渡海千造配種，讓花影與弗拉迪米爾生下的那匹小馬。

「我在想，武兄說的馬，會不會就是同一匹。」

增矢瞇起吊得高高的那雙眼睛，從上衣的內口袋裡取出一張照片，放在桌上。那是從正側面拍的一張黑毛小馬的照片。

「花影和弗拉迪米爾的孩子對吧？」

端到嘴邊準備要喝的熱白蘭地就這樣懸在空中，增矢武志半張著嘴注視平八郎。

「你怎麼知道的？」

「這匹小馬出生那天，我就在渡海牧場。」

「比我還早看到？」

「不，我沒有看。雖然沒看，但花影和弗拉迪米爾的組合很有意思。那不是渡海牧場養得出來的馬。渡海那傢伙，賭了他這輩子最大的一記。」

「不是賭。那是渡海這輩子最大的夢想。」

「他的夢想，我買了。」

平八郎故意用耍寶的語氣說。

增矢將酒杯放回桌上，神情嚴肅。這麼一來，他的眼睛就吊得更高，活像中國京劇裡用的鬼面具。增矢說：「你還沒親眼看過，就下這個決定？」

「武兄已經從鼻孔到屁眼都看得一清二楚才來的吧。看過了才來問我的。豈不是比我自己看更可靠嗎？」

增矢微微點頭。

「那匹保證會跑。」

他說。

「就算還在娘胎裡就有人下訂也不足為奇。眼睛好，長相好，馬蹄好，骨架好。社長，明天我們就飛一趟北海道吧。」

「沒有被人訂下，是因為牠是那小小渡海牧場的馬。誰也沒有想到渡海千造竟然會用弗拉迪米爾和花影配吧。」

驀地裡看了多田一眼，多田正拿著威士忌兑水的酒杯，注視著在昏暗的酒吧正中央彈鋼琴的年輕女子。

「長得挺美的啊。」

平八郎在多田耳邊悄聲說。然後朝慌張回頭的多田加上一句。

「真羨慕你。就算花心，也不必擔心不小心害對方懷孕。」

但隨即便發現這句話對多田而言非常刻薄，平八郎抓著自己有幾分像鷹勾鼻的鼻梁最高的地方，「是我失言了，原諒我。」

說完，在多田膝上輕輕一拍。多田不答，悄悄指著彈琴的女子。

「她是不是有點像社長的千金？我是這樣覺得才看的。」
「像久美子啊？哪裡，久美子漂亮多了。」
平八郎異於平常笑得很大聲，讓增矢和多田頓時吃驚般對望一眼。平八郎瞥見兩人那個樣子，發現自己內心並不平靜。自己的親生兒子正要邁入最快樂的青春時期，卻是在重病病床上度過。而這個兒子卻不知道自己的父親活在這個世界上。這樣的想法沉在平八郎的心底。多田的話在平八郎的腦海裡響起——誠與我沒有任何關係，我當時也沒見過，但我心裡想，絕對不能讓社長的兒子就這樣死去。
「飛躍和具下下個星期天的特別賽要上場。」
增矢喝完第四杯熱白蘭地，向穿著高叉旗袍的女服務生點了第五杯，終於有了醉意，眼睛朝平八郎看。這句話讓平八郎回神。
「這場完了之後，夏天想讓牠休息。」
平八郎將自己的三匹馬完全交給增矢負責。他頭一次買馬的時候，下田菊太郎給了他三點忠告。
其一，絕對不以大老闆自居。一旦成為馬主，來自那個世界的阿諛奉承自然就會增加。掂掂自己的斤兩，別被拍馬屁拍昏了頭。其次，千萬別想靠馬賺錢。買馬，買的是夢想。要是認為這個夢想太貴，就不該有成為馬主的念頭。下田給平八郎的第三個忠告是，將馬交給一個好馴馬師之後，一切便由那位馴馬師作主。不能為了自己的虛榮或任性，指定馬在哪一場比賽出賽。一個好馴馬師，朝夕都要碰觸每一匹馬的身體，測量牠們每天的體温，從飼料減少的程度和糞便的軟硬了解牠們的身體狀況。他們會與馬詳細討論，來決定要跑的比賽。但是，既然馴馬師也要一門生意，自然不能完全無視馬主的意見。要是被馬主三番五次地催逼，無奈之下讓還不能上場的馬上場，結果會毀了那匹馬。平八郎至今擁有過好幾匹馬，但都謹守下田菊太郎給的這三條戒律。平八郎認為，自己雖然沒靠獎金賺大錢，但至少是少數幾個沒有賠錢的馬主之一，這都是拜已故的下田菊太郎中肯的忠告之賜。

「夢幻和具怎麼樣？」

平八郎問增矢。

「還不願意跑吶。」

「銀光和具呢？」

「左前腳的球節不太對勁，在秋天前我不會用牠。不過夢幻我是打算夏天讓牠在小倉上場。小倉的九百萬級，牠有贏的實力。要是狀況維持得好，夏天應該可以比個兩、三場賺一些。」

「您明天真的要去北海道嗎？」

原本一直默默聽平八郎與增矢對話的多田打開記事本說。

「明天十點起有董事會，三點要與UIC的原社長見面。」

「後天呢？」

平八郎問。

「只有上午有事，下午目前是空白的，但大後天行程滿檔。」

「滿檔是有哪些事？」

「九點岡山的分社長和廠長會來。兩點起是大木田證券會長的七七大壽壽宴。我想這一場不便缺席。」

「老先生也是挺照顧我們的……」

結果增矢一口氣喝完第五杯熱白蘭地，說：「再下一天是賽前馴馬，我走不開。等到下個星期，那匹馬就會被壞蛋買走了。」

「壞蛋？誰啊？」

「砂田重兵衛啊。聽説我去渡海牧場的前一天，砂田去過了。」

「砂田為什麼是壞蛋？」

增矢沒有回答平八郎這個問題。看來是有什麼過節，平八郎就沒有再問下去了。

「好，那就把後天、大後天的行程全部取消。然後訂兩張到千歲的飛機。」

平八郎對多田下令。

「大木田先生的壽宴也要缺席嗎？」

「事後我再送禮過去。就説社長感冒發燒下不了床。」

多田應「知道了」時，增矢站了起來。然後説：「我去打電話給渡海。跟他説我們後天去，千萬別把那匹小馬賣掉。」

他分明應該相當醉了，但走出酒吧的步伐卻感覺不出一絲紊亂。

平八郎從飯店的皮沙發上，扭身直盯著增矢精力十足的話語和姿態。無論是飛躍和具還是夢幻和具，增矢之前勸他買那些賽馬的時候，在他身上都未曾見過。顯然不是一般的起勁。

渡海千造實現了這輩子的夢想，為世人帶來了小黑馬，而增矢武志一定是從中强烈地感覺到了什麼，並不只是血脈、眼睛、長相、馬蹄的好壞而已。他肯定是無論如何都想訓練這那匹馬，要是我不買，也一定會去問別人——平八郎這麼想。

「說那是渡海千造這輩子最大的夢想，大資本牧場的人一定會嗤之以鼻吧。聽說今年也有兩、三匹超過一億圓的小馬出生了。五、六千萬的馬的話，只要去到大牧場，就有好幾匹。如果我是頭一個買家，就算只開價一千萬，渡海也會歡天喜地地賣掉吧。」

平八郎對坐在旁邊的多田說。

「但感覺好像會遇到阻礙啊。」

多田笑著回答。平八郎也這麼覺得。然而，他不提這件事，繼續說：「增矢現在應該有比我更捨得為馬花錢的客戶了。因為增矢在馴馬方面有一定的評價。」

「那他為什麼會先來問社長呢？」

「覺得我對他有知遇之恩吧。當年他才剛當上馴馬師，訓練的馬還只有三匹的時候，我就無條件出錢買了他建議的馬。那是匹相當貴的公馬。取名為『第一和具』，是匹健壯的馬，從三歲的夏天一直跑到八歲的春天，跑了四十六場比賽。冠軍六次，亞軍八次，第三三次，第四十次，第五六次。一直到現在，我手上的馬都沒有牠這麼會賺。對增矢而言，應該也是一匹值得感謝的馬吧。因為牠跟重賞賽和經典賽都無緣，沒辦法當種馬。所以，退休以後我就把牠捐贈給京都大學的馬術部。不過牠十五歲的時候，得肺炎死了……

平八郎至今仍可鮮明地憶起自己頭一匹馬第一和具的眼睛的顏色。

「牠的眼睛是很深的青色，混了一點綠色。我每次看牠的眼睛都會看得入迷，覺得怎麼會有這麼美的眼睛。牠會從馬房伸長脖子，在我臉上到處聞。我常帶著那時候才五、六歲的久美子一起去馬廄。」

平八郎露出笑容繼續對多田說：「牠很想吃久美子手上拿的奶油泡芙，所以我背著增矢偷偷給牠吃了。結果牠一直用臉推我的肩，好像在說我還要、我還要。要是被增矢知道了，肯定會罵說要是害牠吃壞肚子怎麼辦，所以我每次去馬廄，都是趁增矢沒看到的時候餵牠吃奶油泡芙。牠吃得多開心啊。等牠退休了，送到大學馬術部的時候，我告訴大學生說這匹馬最愛吃奶油泡芙，他們都好驚訝。大概過了一年，我突然很想牠，到京都的大學一看，牠的馬房上掛著『夫跑尤乃』的名牌。在賽馬場上牠是叫作第一和具，但在大學馬術部裡，改名叫夫跑尤乃。我問大學生這個名字的由來，他們竟然說，就是把奶油泡芙倒過來。」

平八郎和多田都放聲笑了。

「馬術部的學生很疼牠，無論什麼時候去看牠，身體都刷得乾乾淨淨，閃閃發亮。牠的一生過得很幸福啊……」

自己看到第一和具那雙眼睛的時候，頭一次見識到純種馬之美。生物各有各的美，然而，人為製造出來的生物的確擁有一種獨特而不可思議的美。純種馬之美的深處之所以蘊含近似哀愁的情感，正是因為牠們歷經了比其他任何生物更加殘酷的人為淘汰，而牠們被孕育出來的過程，也違反了人類智慧終究無法窮究的生命法則——平八郎認為。

多田拿起放在桌上的那張小馬的照片，邊細看邊問：「您怎麼會決定買一個自己沒有親眼看過的東西？」

「因為增矢建議我買。增矢會把他看上的馬第一個告訴我，就像我剛才說的，是因為感念我對他的知遇之恩。」

平八郎猶豫片刻，然後說：「增矢也對我有恩。」

「可是，在增矢先生來問之前，您不是就已經說又要買馬了嗎。您指的就是這匹馬吧？」

被多田問到，平八郎這才去想，為什麼我會對花影和弗拉迪米爾配對生下的小馬如此著迷？吸引他的，是血統嗎？還是那小小渡海牧場的渡海千造，竟不惜借錢付他付不起的配種費也要寄託在花影肚子上的夢想？

平八郎驟然領悟，都不是。一個得了堪稱不治之症而病臥在床的少年，模糊地出現在他心中。然而這名少年，和忽然興起買小黑馬的念頭這種連自己都無法明確分析的動機之間，究竟有什麼關聯，平八郎毫無頭緒。

「增矢先生對您有什麼恩？」

多田事後想起般說。平八郎沒有回答，卻說：「我花了二十五年，把一家員工只有十五個人的小工廠變得像現在這麼大。才短短二十五年喔。卻沒有任何人誇獎我說你真勤快、你真努力。」

這樣低聲說完，微微一笑。多田沒有報以微笑。而是以多田獨有的、某些人視為冷淡，某些人解讀為犀利的嚴肅表情相對。多田的這個表情，總是讓平八郎感到英氣逼人，令人好生羨慕。

增矢回來了。他沒有坐回沙發，而是站在平八郎身邊。

「渡海嚇了一跳。他說，只要告訴他飛機抵達的時間，他會到千歲機場來接機。」

平八郎要增矢今晚到他家過夜，增矢道謝之後，說：「現在名神高速公路應該沒什麼車。搭計程車兩小時不到就到了。」

便回他在栗東訓練中心裡的家了。

「您答應要請我吃牛排的……」

多田這樣催，於是平八郎離開了酒吧，轉移陣地到飯店十六樓的西餐廳。

吃完牛排，正在吃甜點哈密瓜的時候，多田又把剛才的問題提出來。

「增矢先生對社長有恩，是怎麼說呢？」

服務生收拾了哈密瓜的盤子，送咖啡來之前的那段空檔，平八郎猶豫著該不該把二十五年前灰沉沉雨濛濛那一天的回憶告訴多田，但結果認為如果是多田，告訴他也無妨，便開口了。

他原打算簡單帶過，但說著說著，不知不覺平八郎又站在二十五年前那淒冷蕭瑟的賽馬場前。觸動了自己也無法控制的强烈感慨，拿著咖啡的手不由自主地顫抖。一說完，平八郎只覺疲憊。他癱靠在椅背上。

「這下，我裡裡外外都被你看光啦。誠的事也好，二十五年前那場孤注一擲也好……」

「增矢先生要是知道這件事，不知會怎麼想？」

「我也不知道，應該會有點吃驚吧。不過，騎師要是還得考慮買馬票的人的人生，就甭幹了。管他是賣老婆來買馬票的，還是輸了就要上吊，馬和騎師都管不著。」

接下來是一段漫長的沉默。平八郎和多田都看著十六樓餐廳窗外的夜景。平八郎產生了一種從另一顆行星上俯瞰星星的錯覺。

「你看過當歲的小馬嗎？」

他問多田。

「沒有，雖然跟社長一起去過賽馬場好幾次，但我沒有去過牧場。」

然後多田鬆開領帶問：「當歲是什麼意思？」

「馬的年紀是用虛歲計算的。一出生就已經一歲了。可是不叫一歲，叫當歲。過了年就兩歲。三歲起就能上賽馬場，所以以人類來說的話，實歲兩歲就開始工作了。」

「那，一月一日起號稱四歲的馬，其實出生才三年[1]？」

平八郎對多田這句話點點頭，便邀他：「你要不要一起去北海道？每座牧場都有四月出生的小馬到處跑來跑去喔。就快六月了，北海道現在正春光爛漫啊。」

「我是很想去看看。請社長帶我去。」

多田回答之後，露出微笑。

「就算被逼到絕境，和具工業也不會倒的。」

他說。

「到時候，社長又會在下雨的賽馬上變出錢來啊。」

三

機內廣播告訴乘客左下方的島是佐渡島，平八郎便湊到窗邊，從好幾團圓形的雲雲縫中，凝目注視那座綠色的小島。那座冬日便會成為嚴寒的孤島，曾經是罪人流放之地的小島，也因遲來的春天而綠意盎然，令平八郎的心情沉浸在許久未有的輕鬆愉快中。

坐在旁邊的增矢武志微張著嘴，輕聲打鼾。氣流很穩定，機身沒有絲毫搖晃。但是，去年底以來便未曾消失的懊惱，一直盤踞在平八郎輕鬆愉快的內心深處。無論是在會議中聽取董事們發言時，還是招待重要客戶到北新地的俱樂部應酬、向陪酒小姐們開黃腔時，或者是在每天早上例行的泡澡，哼著唯一一首能夠從頭到尾唱出正確歌詞的演歌時，一個少年的幻影都會如影隨形地纏著他。

田野京子曾保證無論發生什麼事都不會出現在他面前，也絕不會做出破壞他家庭的事。但他實在無心責備她：「結果你還不是出現在我面前了嗎。」京子是在如何苦惱之後，才打破自己的誓言推開和具工業的大門的，平八郎非常清楚。從京子口中聽到誠的病情時，他茫然想著當年就算強逼，也應該叫她把孩子拿掉的，但同時也感受到，即將因不治之症而失去兒子這個活下去唯一的依靠，京子是多麼的痛苦和悲傷，因此平四無言地對目前這個垂著頭、一臉憔悴的女人說：「歡迎你來。你一定也很不想來，卻因為逼不得已，只能來找我。要見我這一面，一定非常需要勇氣吧。」平八郎注視著逐漸遠去的佐渡島，想起京子說的話。

「我讓他看我過世的先生的照片，告訴他這就是你爸爸。只是哪天誠要是看到自己的戶籍謄本，就瞞不過他了。」

佐渡島完全自平八郎的視野中消失後，他為了打消逐漸在自己心中成形的想法，拍拍坐在前面的多田的肩。

「喂，別光顧著看書，也稍微陪陪我啊。」

多田回頭，回答「好的」。今天的北海道之行與工作無關，讓多田出現了有些雀躍的神情。

「這是我第一次去北海道。」

多田說。他的聲音讓增矢醒過來，只見增矢伸了一個大大的懶腰，問：「現在到哪裡了？」

「剛經過新潟上空。」

平八郎回答之後，本來想談談即將見面的小黑馬，不料增矢卻再度閉上眼睛，多田也不管平八郎之前的話，回頭又看起他的書，平八郎只好放倒椅背，閉上眼睛。眼睛一閉上，未曾謀面的親生兒子的幻影便又在眼前浮現。

明明一直告訴自己，絕對不能有那種念頭，但平八郎終究無法壓抑想見誠一面的心情。我不是種馬，我是人類，愚蠢的人類。若誠無災無病平安長大，我一定不會有這種想法吧。然而，我的兒子卻不知道父親還活在這個世界上，在醫院的病床上度過每一天。我想見見他。我不能拋下這麼可憐的孩子——平八郎這麼想。

機內廣播請乘客繫上安全帶。不久，飛機便進入厚厚的雲層中。在往雲層中下降的機艙內輕輕睜開眼睛，看到黑色的雲，平八郎便喃喃地說，北海道下雨啊。

「好像在下雨呢。」

耳朵很靈的多田聽到平八郎的低語聲，回頭說。

渡海千造和兒子博正一起站在千歲機場的大廳，等候平八郎一行人。父子倆的雙眼都閃閃發光。平八郎看到這對父子的眼睛，自己也不禁高興起來。

「我們來買馬了。」

平八郎輪流看了千造和博正，這麼說。

「我和社長這個四月中才見過，增矢先生十天前才來過我們的牧場，萬萬沒想到會這麼快又見到兩位……」

千造說，然後接過平八郎的旅行箱，命博正幫增矢提行李。走向停車場的路上，平八郎幾次偷看將來想必是要繼承渡海牧場的博正泛紅的臉頰。於是對千造說：「後繼有人，很令人期待啊。」

「還是個什麼都不懂的小鬼啊……」

千造曬黑的臉笑開了，走在面前，邊回頭對平八郎說。

「社長不也有個那麼美麗的千金嗎？東床快婿的人選一定大排長龍吧。以馬來說的話，就是傑出的純種馬任君挑選呀。」

細綿的雨珠，在千造和博正頭上形成一層宛如綿絮的白膜。平八郎避開大水窪往路邊靠，仰望天空。

「看樣子下了不少雨啊。」

「這三天一直都下雨。應該就快停了。」

千造說的沒錯，當車子駛入道南海岸的馬路時，細雨停了，陽光自雲縫中灑下來。

「我一直以為要等到明年拍賣才會賣掉小黑，所以聽增矢先生在電話裡說社長要買，真是高興極了……」

本來還一臉睡不夠、心情不太好地保持沉默的增矢問千造：「砂田後來就沒有再說什麼了嗎？」

「今天早上打電話來了。」

增矢一雙往上吊的眼睛閃過一道銳利的光。

「一定是說鹿島德市想要吧。」

「沒有明說，但差不多是這個意思……」

「那你怎麼回答？」

千造不知為何壓低聲音，指著開車的博正。

「我說，兒子無論如何都想賣給和具先生。」

「哦，為什麼想賣給我呢？」

被平八郎這一問，博正那張純樸的臉更紅了，低低吐出一句話。

「因為和具先生先來的。」

「可是，要是鹿島先生出的價錢比我高呢？」

「我和我爸已經決定了。要賣給和具先生。」

千造對博正這句話微微點頭，看著平八郎，然後說：「社長，四月您和千金來的時候，也對我說，後繼有人值得期待。今天也是一見面，就又說了同樣的話。他將來表現如何還不知道，現在也還是個乳臭未乾的小毛頭，但我認為該尊重他的意見。他說，增矢先生能把小黑訓練成了不起的賽馬。和具先生也不是那種會硬逼馬來賺錢的人，說得可激動了。」

「千造，你兒子將來會是個很好的接班人。」

增矢露出難得一見的笑容，在博正肩上拍了兩、三下。

車子逐漸駛近日高，馬路兩旁開始零星出現牧場，可見當歲的馬兒互相嬉戲、四處奔跑。

「那麼小的馬，兩年後就要成為賽馬上場比賽啊。」

多田似乎頗有感觸地低聲說。平八郎發現自己尚未向渡海父子介紹多田，便說：「這是我的祕書多田。以後應該有很多事都是多田替我出面。」

千造連忙從胸前口袋取出名片。

「是我們要請多田先生多關照。」

向多田行了好幾次禮。

看著兩人交換名片，平八郎心裡想著，這渡海千造的兒子，為什麼如此爽快地決定把馬賣給我？砂田重兵衛在關西也是享有伯樂之名的馴馬師，鹿島曾是花影的馬主，對牠產下的小馬應該有優先權才是。而且鹿島德市肯花在馬上的錢比我多好幾倍。若我出價兩千萬，他一定會出三千萬。要是我出三千萬，他一定會把價錢拉到四千萬。正這麼想的時候，千造以皺紋極深的笑容面向他。

「社長，聽說您宣稱不再買馬了？剛才多田先生告訴我了。」

多田也露出一絲笑意，看著平八郎。

「之前我雖然有過好幾匹馬，但一匹都沒殺過。可是去年底，滿心期待的三歲馬因為痊癒無望讓牠安樂死了。那時候，我聽到上天的聲音，叫我不要再持有馬了。那聲音告訴我是時候該收手了。」

這是開玩笑的。其實是因為將那匹三歲馬安樂死的第二天，田野京子就來了。不知何時起，平八郎便認為人人都是活在神奇的軌道上。頭一次殺死自己的馬的第二天，田野京子就跑來告訴他誠病重，平八郎驀地裡覺得乘載著自己的軌道出現了某種扭曲。因此莫名認為自己最好不要再擁有馬了。

「聽到了上天的聲音，為什麼現在又想買我們的馬了？」千造問。

「因為增矢先生很熱心啊。」

平八郎笑著這麼回答。然後說：「我說，用花影配弗拉迪米爾，是渡海先生這輩子最大的賭注，結果就被增矢先生罵了。他說，那不是賭注，是渡海千造先生這輩子最大的夢想。」

渡海千造臉上出現了說不上是開心還是難為情的奇妙變形。變形當中，有一雙微泛淚光的眼睛。

「丟臉啊。人家大牧場是不惜花重金，拿比花影成績更好的母馬來配克瑞凡或艾爾萬這些種馬一直配。而我渡海千造這沒出息的傢伙，還得跟人借錢才能和弗拉迪米爾配種。取個渡海牧場這個有模有樣的名字，擺出一臉獨當一面的育馬者的面孔，培育出來的馬卻幾乎都是大牧場眼裡幾近廢物的馬。即使如此，好歹也是養活了一家人，但我很希望在自己有生之年，至少能培養出一匹在德比或菊花賞的熱門馬。」

「渡海先生幾年前也是以莉莉艾斯和風暴超人交配——這樣說雖然失禮，不過那是冒險啊。但是，卻生下了花影。因為渡海先生培育出花影，才能有更宏大的夢想。並不是只要有錢，就培育得出好馬。能讓增矢先生這麼熱切的馬可不多。小馬會成長為什麼樣的賽馬，誰也不知道。但因為渡海先生培育出了花影這匹母馬，才能讓那匹小黑馬出生在這個世上。你不就是一個有遠見的優秀育馬者嗎！」

平八郎這番話，又令千造的臉變了形，抽抽鼻子。

「有遠見什麼的，是社長誇大其辭了。我們有花影，花影有了小黑，這都是偶然啊……」

儘管明白偶然這兩個字是出自千造的謙虛，但望著大大小小的牧場與啃食青草的馬兒，倘若天地萬物都出自偶然，那我就不會對純種馬如此著迷了吧

——平八郎心想。

他討厭命運這個字眼。如果真有命運這東西，而所有生命全都要受到命運的支配，那麼肩負不幸的人就不必非活下去不可了。平八郎認為偶然和命運這兩個詞有相同的概念而這麼想。我不會為偶然花大錢，去買那種緣木求魚的夢想。那匹最愛奶油泡芙的第一和具也好，去年底一馬當先抵達終點後折斷右前腳的三歲馬也好，即將要買的小黑馬也好，都和所有的人類一樣，在必然中誕生，在必然中結束一生。

我喜歡純種馬。牠們的聰明、好强、感性、美麗的姿態與眼睛的顏色，以及盪漾在美麗之下的不可思議的哀愁，這些都是在人為操縱下，自人類智慧無法參透的血脈必然的融合中誕生的。平八郎沉浸在這樣的想法中，心情不禁熱血沸騰。真想早點看到渡海親子喊作小黑的小黑馬。

車子穿過通往靜內車站的無人商店街時，「除了春天夏天，這一帶簡直就像沒有人的鬼城。」

千造低聲這麼說。

其實，平八郎每次來靜內都會想，這地方除了馬和牧場以外什麼都沒有。

「真想在冬天的時候來看看。」

多田說。

「以前鎮上只有一家小鋼珠和幾家破破爛爛的居酒屋，但現在牧場的人生活充裕了，到處都開始了有年輕女孩的小酒館……不過，她們很快就會想回去了。」

「不是的，我是想在下雪的寧靜小鎮上發個兩、三天呆，自己一個人喝點小酒。」

看到多田難得露出有些空虛的眼神，平八郎不禁懷疑，多田和他妻子之間終究還是出現了裂痕？

駛過架在西貝查利河上的橋，隨即沿著河堤右轉。未經鋪裝的土路因為連下了三天雨而泥濘不堪。終於看到寫著渡海牧場的牌子了。增矢看看表，喃喃地說三點啊。

「比預期得早到吶。」

增矢一下車，便轉動雙臂，脖子也左右活動了好幾下。千造的妻子多繪從後門出來的同時，八隻小狗也一齊奔出來。平八郎對這八隻和小黑同一天誕生的幼犬說：「我可不是來買你們的喔。」

褐色、白色、黑色、花斑，顏色沒有一匹相同的這八隻幼犬圍在平八郎腳邊，不知天高地厚地叫的叫、咬鞋子的咬鞋子。

「我看牠們的媽媽大概不守婦道，八成八隻的爸爸都不是同一隻。」

只見千造一臉嚴肅，無奈地這麼說，平八郎和多田都放聲笑了。只有增矢沒笑。對多繪招呼他們先休息充耳不聞，獨自朝牧場走去。平八郎也想早點看小黑，便跟在增矢身後。那八隻幼犬又跟著平八郎走。博正跑步趕過平八郎和增矢，然後在牧場中央喊小黑。

一匹站在牧場最邊緣西貝查利河畔柵欄邊望著博正的黑毛小馬映入平八郎眼簾。

「小黑，過來。」

由於有增矢、平八郎和多田這些陌生人，小黑有些不安地踢踢後腳，甩甩尚且又短又稀的尾巴，但不久便走近兩、三步，停下來，回頭看在後面吃牧草的母親。

「別擔心，快過來。不會要你離開你媽媽的。」

博正又叫了一次。

平八郎無聲地在心中應了博正這句話——不，我們來就是為了要讓你離開你媽媽的——

小黑終於跑過來，輕咬博正伸出來的手，用鼻子磨蹭嗅聞他的胸腹。近看小黑時，頭一個吸引平八郎的視線的，便是額頭上那顆小歸小，卻有如被人刻意描繪上般鮮明的星印。額頭到鼻梁這一段有白毛的馬很多，這撮白毛無論是什麼形狀都稱為星星，但印在小黑額頭上的星星，確確實實是完整漂亮的星星形狀。

「和其他小馬比力氣也都不會輸喔。」

博正說。

平八郎上前一步，正在向博正撒嬌的小黑也抬起了頭，定定地望著平八郎。平八郎想起第一和具的眼睛。和牠一樣，小黑的眼睛也是深青色中帶著一抹綠色。

「社長，請決定吧。」要博正讓小黑直走、繞圈跑之後，增矢凝視著小黑說。平八郎看看就站在旁邊的多田。多田微笑著。

「渡海先生，你願意以多少錢賣給我？」

千造和博正互相對望。

千造眼睛盯著兒子，考慮了很久，但終於開口，想説一個金額，卻欲言又止。然後，緩緩將視線轉向平八郎。

「三千萬，會不會太貴？」

千造有些顧慮地小聲説。

平八郎的視線從小黑身上抽回來，去看望著自己的增矢的表情。增矢面無表情地，以他那張堪稱異相的臉注視著平八郎。平八郎立刻明白增矢是無言地告訴他：不貴。

平八郎再次望著花影與弗拉迪米爾之間生下的小馬。

八隻幼犬已離開平八郎，在小黑腳邊玩鬧。大概是已經習慣了吧，小黑被幼犬纏住也不踢不咬，歪著頭俯視這群體形比自己小得多的生物在身邊動來動去。平八郎心想，鹿島德市八成肯出五千萬來買。雖然説已經決定要把馬賣給我，但要是願意出更高價的買家出現在眼前，渡海千造也許會動心。既然是人，難免如此。

這麼一想，「就三千萬吧。」

這句話自然而然脫口而出。

「今天，我帶了五百萬的支票當作訂金。其餘的款項，我們會以你們希望的付款條件匯進渡海先生的帳戶。」

遠遠地母親高聲長嘶，小黑便彈也似地奔回西貝查利河畔的柵欄。平八郎和增矢、多田一同回頭走向千造家時，渡海父子仍原地佇立，默默相望。遙望陽光為這對父子的身形勾勒出黃綠色的邊，平八郎覺得好像在什麼畫冊上看過與這副情景極其相似的畫。

平八郎對多田說：「幫我想那匹馬的名字。最好是有很深的含意的。法文、俄文、英文都可以，你來取。」

「我嗎？飛躍和具、夢幻和具、第一和具……」

「名字最後不要再加和具了。想一個你喜歡的。」

不過——平八郎笑著拍了一下多田的屁股。

「可不能取高彈由乃梅草之類的名字。」

「那是什麼？」

「草莓奶油蛋糕倒過來啊。」

剛才為了叫小黑趕在增矢和平八郎前跑過牧場的博正，現在以更快的速度跑過去，打開家門迎接平八郎等人。

那一晚，在多繪相勸下泡了澡，吃過渡海家精心準備的餐點後，平八郎離開正互斟對飲上等白蘭地的增矢和千造，來到戶外。然後走進牧場，沿著柵欄走。大口吸進帶著青草香的清涼空氣，抬頭看星星。查覺有腳步聲靠近，便朝那裡看。

「天黑以後會冷呢。內人要我帶針織衫來，我覺得應該用不到就沒帶。還是應該帶來的。」

多田來到平八郎身邊，倚著柵欄。

「大都會是石頭做的墳場，不是人住的地方。這是羅丹說的。他說的對。」

「你和你太太之間還好嗎？」

「怎麼這麼問？」

平八郎沒作聲。

「哦，因為我不能生嗎？」

多田說。

「生不出孩子的夫婦又不是只有我們，內人一個月之前買了兩隻臘腸狗的幼犬回家養，一公一母，說等牠們生孩子之後，我們就是爺爺奶奶了，開心得很呢。」

「人家都說孩子是寶貝，但有了孩子也就等於有了麻煩。所以孩子還是沒有的好。」

因為天色暗，幾乎看不見多田的表情，但平八郎知道，他又露出了他的微笑。

「上次，祕書室長須藤先生第七個孩子出生的時候，社長才對須藤先生說，多子多孫多福氣，將來注定有福享的。」

平八郎的笑聲隨著風，飄到牧場西側。

「我說的都是真的啊。你不覺得嗎？」

「是啊，真是真的。我也這麼認為。」

多田也笑了。然後驟然改變話題。

「如果誠要活下去，無論如何都不能沒有社長的一個腎臟的話，您要怎麼做？」

平八郎將手帕鋪在牧場的青草上坐下來，背倚著柵欄。然後抽出香菸，用打火機點著。他沒有熄掉打火機，而是伸長了手去照多田的臉。望著自己的多田的臉紅紅地浮現，但打火機的火被風一吹便熄了。

「如果是你，你會怎麼做？」

「如果是我，會二話不說把自己的腎臟給自己的兒子。」

多田不假思索卻强而有力的回答令平八郎吃了一驚，想再拿打火機去照多田，但風很强，點不著。

「為什麼？」

「因為是我的兒子。我在書上看過，母親的肉是孩子的肉，孩子的骨頭是母親的骨頭。這句話非常動人。我沒有孩子，所以或許不懂得這句話真正想要傳達的意義，但我覺得母親的部分同樣可以替換成父親。」

「可是，我的狀況有點不同。」

「這在社長家裡一定會引發不小的衝突吧。但是，社長因此而失去的東西並不多，和誠失去的比起來的話……」

「你要跟我說教？」

平八郎不悅地說。心裡想的是，不要以為事不關己就說得那麼簡單。

「我不敢。是社長問我會怎麼做，我才說出自己的想法而已。」

平八郎站起來。即使如此，還是必須仰望個子高的多田。

「誠的確是我的孩子沒錯。但是，我對他沒有一絲一毫的愛。十五年前，我是因為陰錯陽差才讓京子懷上這個孩子。是她自作主張生下來的。不關我的事。我不會把自己的腎臟給那個孩子。我做夢也沒有想到這麼可笑的事會落到我身上。和我無關。我沒有兒子。」

平八郎粗聲說。

「你又露出那種笑了對不對。」

「沒有，我沒有笑。」

然後，多田問：「您對誠真的沒有一絲一毫的愛嗎？」

「沒有。」

這時候，馬廄入口的燈亮了。

有人開了門走進去，裡面的黃色燈泡隨即也亮了。平八郎心想，八成是增矢那傢伙又去看那匹小馬，為了結束他們的話題，他對多田說：「喂，去看小馬吧。」

然後朝著迎面而來的風邁開腳步。從半開的馬廄門望進去，聽到有人在和小黑馬說話的聲音，不是增矢，是渡海博正。聽得到馬呼氣的哼聲，聞得到馬糞味。

「都跟我說的一樣吧。我就說你一定會賣一個很高的價錢的。沒想到還不到拍賣你就賣掉了。我們牧場除了你媽媽以外，沒有出過這樣的馬啊。這樣我們就能還清債務了，和具先生說要買之後，爸爸看著我哭了。」

平八郎決定不進馬廄。博正與小馬正面相對的模樣，打動了他的心。所以他又朝多田看。多田也原地佇立，聽博正對小馬說話。

「明年，你就要離開你媽媽和我，自己孤伶伶的了。到時候你會傷心難過，會哭，可是你就是要經歷這些才能成為一匹賽馬。你很快就會忘記自己的媽媽，也會忘了我的。可是，我會一直向西貝查利河祈禱，要上天保佑你不會受傷，然後一定能參加德比大賽。」

博正和小馬貼著臉磨蹭，雙臂抱住牠的脖子。

「我和爸爸都會去看你的德比大賽。一想到那時候的事，我的心就一直怦怦跳。小黑，將來你一定要回到我身邊。我每天每天，都會這樣祈禱的。」

平八郎輕輕碰一下多田的肩，離開馬廄，回到千造家。

第二天傍晚，平八郎一行人抵達大阪機場。平八郎在機場出口與兩人告別，由前來接機的今井開車回家。大阪上空的氣流很亂，飛機搖晃得很厲害，所以平八郎很不舒服。他問女佣：「美惠呢？」

「太太去上課了。」

「上什麼課？」

「太太說，今天要學小曲。」

這個名叫佳子的二十五歲女佣說。

「怎麼會有這麼多東西要學，學不完。」

「呃，可是太太的小曲已經學五年了。」

「我知道。」

平八郎沒好氣地說，走到自己的寢室前。還沒進去，久美子便從二樓跑下來。

「聽說爸爸剛從北海道回來，真的嗎？」
「真的……」
「去做什麼？」
「去買馬啊。」
久美子跟著平八郎進了寢室，邊幫忙父親更衣邊問：「爸爸，你買了那匹小黑馬嗎？」
「對，我買了那匹小黑馬。」
久美子大叫一聲「嗚哇」，抱住平八郎的脖子。
「那是我的馬，可不是買給你的。」
「爸爸心情很差喔。」
久美子還是抱著平八郎的脖子不放，這麼說。
「飛機太晃了，我還在暈機。先放開我。」
「再加上媽媽不在，爸爸心情就更差了。」
平八郎在兩張並排的床中靠窗的那張躺下。那是妻子的床，上面沾了她年輕時便愛用的香水的味道。平八郎不知道那款香水叫什麼，便問久美子：「你媽媽擦的是什麼香水？」

「Mitsouko。」

久美子回答完之後馬上以歡快的聲音連珠炮般說：「我呀，早就有預感，爸爸一定會買那匹小馬的。我很想叫爸爸買給我，可是這又不是買兩、三件毛衣呀？所以我一直在等機會跟爸爸開口。我可是從頭到尾看那匹馬出生的呢。喏，爸爸，你知道嗎？那匹馬身上有阿拉伯馬高多芬的血統呢！阿拉伯馬高多芬呀，是摩洛哥國王的馬，卻被當作給路易十五的禮物送到法國。一個叫作阿古巴的啞巴少年……」

「好了好了，聽你講話的聲音，我就頭暈。拜託你，讓爸爸一個人安靜一下。」

平八郎閉上眼睛，邊說邊揮著手意示久美子走開。

久美子打開寢室的門時，平八郎睜開眼睛，問：「你那麼想要那匹小馬嗎？」

久美子滿面笑容地點頭。

「為什麼？」

久美子回到平八郎身邊說：「因為我覺得牠會是一匹很厲害的馬。」
「你為什麼會這麼覺得？」
結果久美子反而問起：「爸爸為什麼買了那匹小馬？」
「因為覺得牠好像很會跑。」
「就這樣？」
「就這樣。就是看準了牠會跑才買的。這可不是在買寵物，買的是賽馬，沒別的理由。」
「哦……」
久美子歪著頭，看著父親。
「爸爸有一句口頭禪，買馬是買夢想。」
「沒錯。」
「很可疑喔。」
「有什麼好可疑的。」
「真的沒有別的理由？」
久美子繼續注視了平八郎好一會兒，調皮地笑：「爸爸這個表情，是有祕密的表情。
「女人的直覺真厲害。」
久美子趴著躺在平八郎身邊，在他耳邊低語。
「爸爸，你有什麼祕密？我口風很緊的。」
「這世上哪有口風緊的女人。」
「我就是啊……爸爸，你有小老婆了？」
「如果有的話，你要怎麼辦？」
「我一定幫你向媽媽保密。有條件就是了。」
平八郎隔著窗望向中庭，看彎彎曲曲的老松冒出的新芽色澤已然變濃。
然後說：「你身為女兒，卻不支持你媽媽呀？」
「因為媽媽對爸爸來說，實在不是個好太太呀。就算爸爸在外面有了女人，我也不覺得奇怪。」
「花三千萬買馬，又養小老婆，那我就要破產了。」
平八郎沒來由地想聽久美子剛才沒說完的故事。
「你剛說阿拉伯馬什麼的，那是怎麼回事？」

久美子便向平八郎說起那匹小馬臨出生前在車上聽渡海博正說的阿拉伯馬傳說。平八郎聽完，驀地裡在心中描繪出昨晚小黑與博正的模樣。

「所以我一直覺得，要是爸爸能買下那匹小馬就好了。」

「好浪漫的故事啊。」

「就是爸爸常說的夢想呀。我也對那匹小馬懷著夢想。」

「連一毛錢都沒出還夢想啊？夢想也是很花錢的。」

「把那匹馬給我。」

平八郎吃了一驚，爬起來。

「這麼重大的事，你倒說得簡單。那可不是布娃娃喔。那是價值三千萬的一匹活生生的馬。」

久美子沒有笑，以認真得令平八郎納悶的表情說：「這就是我的條件。如果爸爸肯答應，我絕對不會把爸爸的祕密告訴媽媽或任何人。」

「三千萬的封口費嗎。談判破裂啦。」

久美子爬起來，走到門邊。

「看吧，爸爸自己露出馬腳了。爸爸果然有祕密對不對？而且是會讓我們全家天翻地覆的那種。」

留下這句話，便離開了平八郎的寢室。

平八郎癱在靜悄悄的寢室床上，不斷想著，雖說是女人的直覺，但為何久美子會察覺我有祕密？而且還推測出那是足以讓全家不得安寧的大問題。好幾則久美子小時候的回憶，在平八郎的記憶中復甦。我雖然一睜眼就只知道工作，一路打拚過來，但只要有一點點閒暇，便帶著久美子往賽馬場、馬廄跑，或是帶著她去看戲聽音樂會，甚至不該帶孩子去的俱樂部也讓她同行。無論到哪裡，都被取笑說女兒很黏爸爸。實際上，久美子明明是女兒，但每當有事要商量，她通常都是偷偷把祕密告訴我而不是告訴母親美惠。她才十八歲，的確是個不懂事的黃毛丫頭沒錯，但也許對我來說，她其實是個值得信賴的靠山。平八郎這麼想。然而，另一方面，卻也不禁認為，不，就算她再怎麼支持我，也不能把誠的事告訴她。儘管她現在是個大學生了，依然處在容易受傷的年齡。

過了一會兒平八郎下了床，走出寢室，爬上通往二樓的樓梯。在久美子房前站了良久。

昨天晚上在牧場一角，多田說的那句「母親的肉是孩子的肉，孩子的骨頭是母親的骨頭」突然在平八郎心中擴大。令他想起多田那句母親可以替換成父親的話。他在心中喃喃反覆低吟著父親的肉是孩子的肉，孩子的骨頭是父親的骨頭。然後下定決心，敲了門。

「可以進去嗎？」

「可以呀。」

一開門，便朝難得進來的女兒房間掃視一周。床放在窗邊，窗上是橄欖綠的百葉窗。書桌、椅子、兩座衣櫃、音響、有一面大鏡子的梳妝台、利用填充袋鼠娃娃的肚子部分做成的信件架、書架、足足有半坪大的海報──白馬在牧場上奔馳的情景畫得幾可亂真，幾乎會令人誤以為是照片。

平八郎一一看過了之後，才在久美子的床上坐下。然後問：「你怎麼會覺得我一定會買那匹小馬？」

久美子和平八郎並肩坐在床上。

「小馬出生那晚，爸爸都走到馬廄了，卻沒有進去看小馬不是嗎。因為看了就會想要……」

「你真了解我。沒錯，因為看了就會想要，所以才沒去看的。」

「爸爸這樣忍耐的時候啊，最後做的一定會和心裡想的相反。我可是很了解爸爸的。」

「我一直都是這樣嗎？」

「嗯。」

的確，聽久美子這麼一說，我這個人還真的是一直重覆這種行為，殊不知早就被久美子看穿了——平八郎内心有幾分懊惱地想。這丫頭，觀察力倒是挺敏銳的。原來我這個人這麼單純，連這樣一個小女孩都能把我看透。

「媽媽回來了……」

久美子豎起耳朵，悄聲說。

似乎跟朋友一起，玄關處隱約傳來熱鬧的笑聲。笑聲中響起美惠的聲音。

「哎呀，我先生回來了。不是明天才回來嗎？」

平八郎心想，大概是把一起學小曲的朋友帶回家了。笑聲很快地便往客廳那裡去了。

「媽媽忘了來跟爸爸打聲招呼了……」

久美子說。

「我早就死心了。她就是那種女人。」

「爸爸，你大可去找一個溫柔賢慧的小老婆呀。」

「你是說真的？」

「要是我是男人，才不想娶媽媽那樣的人當老婆。」

「你現在迷什麼音樂？」

被平八郎這一問，久美子走到掛著唱片的架子那裡，選出其中一張，放給父親聽。然後說了一個平八郎從沒聽過的拗口的外國名字。

「用小提琴來拉爵士樂。爵士小提琴。很棒吧？」

音響播放出拍子極快的小提琴，在平八郎聽來實在不像久美子說得那麼美妙，但他附和說：「嗯，挺不錯的。」

平八郎和久美子一起把那面唱片聽完。久美子正要把唱片放回原位時，平八郎說：「那匹馬就給你吧。」

久美子拿著唱片呆立著，沒有笑容，注視著平八郎。平八郎心想，久美子從小就是以定定地注視我來撫慰我的女兒啊。

「你還未成年，又還在就學，不能當正式的馬主。所以在文件上馬主還是我，不過那匹小黑馬就給你吧。」

因為久美子的眼睛不安地望著自己，平八郎下定決心。

「一個你和我都沒見過的十五歲男孩，因為嚴重的腎臟衰竭，在醫院裡躺了很久。他接受洗腎治療，勉强活著。醫生建議他換腎。這是唯一的辦法了。聽說只要血型一致，換父親的腎是最理想的。」

平八郎站起來，走到久美子身邊。

心中一隅有另一個自己在阻止自己，要自己別說。可是平八郎一個字、一個字斷開般，說了。

「那是你弟弟。雖然母親不同，但那男孩，是你弟弟。」

1——二〇〇〇年以前，日本賽馬馬齡以虛歲計，出生時是一歲，以後每逢一月一日所有同年出生的馬便同時加一歲。但為符合國際習慣，於二〇〇一年起改採實歲計算。本書著於一九八六年，當時仍採舊制。

第三章　祈禱與寶石

一

最近剛落成的二十八層樓大樓，門面卻小得出奇，每當被往來的行人擋在視野之外，久美子就放慢步子，心想乾脆直接回家算了。看看表，已經下午五點十五分。約的時間是四點半，馴馬師增矢武志一定很不耐煩，搞不好已經打電話到家裡去過了。

增矢是上午打電話來的。剛好在電話旁的久美子一接起電話，對方便說今天不是找令尊，而是有事要找小姐。增矢沒有說是什麼事，只說要去大阪，要久美子指定碰面地點。久美子說的咖啡店，增矢沒有一家知道。久美子想，就算增矢對梅田這個地方再怎麼陌生也一定找得到，便告訴他這棟聳立在阪急電車梅田站出站處的大樓，指定了六樓「象牙屋」這家咖啡店。

久美子從小就不喜歡增矢這個人。她怕他異於常人的長相，而且跟著父親到馬廄時，他從來不曾以笑容和親切的話語相迎。小時候，只覺得他是個可怕的叔叔，隨著她長大成人，便明顯對他感到厭惡。

年老的廄務員因為感冒發燒，過意不去地提出想請兩天假的時候，增矢說：「搞什麼，說什麼發燒，我還以為是馬發燒，原來是你啊。」

然後頓了一頓，又無情地回答：「馬比較重要。一點小感冒就請假，誰敢僱用你。」

那時和父親前往馬廄的久美子，正巧坐在客廳沙發上望著滿牆的冠軍紀念照，聽著兩人的對話。

當時久美子十六歲，已經懂得重視馬甚於人的人，對馬一定也沒有真正的感情。從此，她對增矢就一直抱持著一種近似於厭惡的感情。這增矢，今天卻說有事找自己而不是找父親。久美子料想一定是和小黑馬有關，儘管書面上和具平八郎仍是馬主，但和具久美子才是實際上的馬主，增矢對此是不是有怨言？想到這裡，久美子不禁心生畏怯。再加上準備出門花了點時間，讓增矢等了四十五分鐘。那張可怕的臉再加上不耐煩的神色，究竟會變成什麼模樣？久美子邊想邊按下電梯按鈕。

推開咖啡店的門，一看到坐在店門附近的增矢武志，久美子便匆匆跑過去，說：「不好意思。臨出門時突然有朋友來。」

增矢一言不發地站起來，久美子不由自主地往後退。

「後面好像有空位，我們換過去吧。門口這邊吵死了。」

增矢告訴女服務生想換位子，看不出有久候生氣的樣子，往裡面走進去。

「不好意思啊，特地把小姐找出來。」

久美子一坐下，增矢便說：「夏天我一直待在小倉，九月八日才回到這邊。一回來就是秋季賽馬。夏天時在北海道和千葉的牧場休養的馬都回來了，夏天用的馬當中又有三匹受傷，忙得暈頭轉向，心想得找時間和小姐好好聊一聊，卻一拖再拖。明天、後天就是賽前調整的日子，只剩下今天有時間，所以才突然請小姐出來。」

「是渡海牧場那匹馬的事嗎？」

「這是一件。但還想和小姐談另一件事。」

久美子點的咖啡凍送來之前，增矢都沒再說話，只抽著菸。偶爾視線對上時，增矢會對久美子笑。

這使久美子更加不安。因為久美子認識他將近十四年，再怎麼往記憶裡追尋，都找不到半次增矢曾對自己笑的紀錄。

「在栗東那種鄉下地方和馬作伴，在大阪的人潮中才走上五分鐘就頭暈了。」

久美子吃了一口咖啡凍，同時對增矢這麼說：「我在家關太久會頭暈。走在人群裡才能放鬆。」

久美子這句話讓增矢噘起嘴發出笑聲。那張臉讓久美子更加害怕。

「從栗東到梅田，搭電車要怎麼過來？」

久美子這一問，增矢答道：「哦，我是開車來的。要兒子開車載我來的。」

增矢光秀今年已經二十四勝，在年輕一輩的騎師當中，以騎乘姿勢之美與懂得待馬出名。不必特別說明，光看那往上吊的眼睛和鷹勾鼻以及削瘦突出的顴骨，就知道是這增矢武志的兒子。久美子在腦海中想起那張臉。

「光秀哥也跟你一起來了？」

「是啊，他說好久沒到大阪了，正在附近買東西。應該很快就會來了吧。」

然後，環胸的手臂往桌上一放，身子往前靠過來。

「那匹馬，下個月就要寄放到別的牧場。讓小馬離開母親的時期到了。可是，在那個小小的渡海牧場，小馬是離不開母親的。所以要寄放在吉永達也先生的牧場。吉永牧場的牧草品質好，地方大，還有跑道能做騎乘運動。而且，還有室內訓練場，冬天也能進行訓練。吉永達也先生的名字，你聽說過嗎？」

吉永達也這個人，久美子見過一次。

去年秋天，和父親一起去看菊花賞那天，看到一個中老年男子一手拿著雙筒望眼鏡坐在馬主區，身邊記者圍繞。這位高大的銀髮紳士，神態悠然卻顯得精明強悍，久美子悄悄問了父親他究竟是何方神聖。父親說要為她介紹，把她帶到那位人物身旁。看來父親與他認識，男子站起來客氣地回應父親的問候，給了久美子名片。名片上印著「吉永牧場會長吉永達也」。只交談了兩三句，久美子和平八郎便又返回了自己的座位，但久美子因此而得知吉永達也這個人，是日本賽馬人士中唯一一個揚名世界賽馬界的人物。

她這麼一說，增矢便點點頭。

「我拜託那位吉永先生，請他讓我們把那匹馬寄放在他那裡。一般而言，無論哪一座牧場，都不願意收留別家牧場的小馬的。天曉得什麼時候會生什麼病、受什麼傷。再怎麼解釋只要寄放就好，畢竟還是有責任。但吉永先生特地跑了一趟渡海牧場，看了那匹小馬，答應了。當然是要付必要的經費，但是在他那裡，小馬應該會比養在我們牧場更健壯。」

然後看了好幾次表。

「等到明年秋天，就要開始『馴馬』。先是上鞍。習慣以後，再來是載人。這是成為賽馬的第一步。」

久美子打斷還要繼續說下去的增矢。

「我看第一步從今年十月就開始了吧？你們一定會先想辦法强迫牠離開母親吧？」

久美子想像著屬於自己的那匹小黑馬因為離開了母親而傷心，瘋狂嘶鳴想踢要帶牠走的人的情景，邊將最後一塊咖啡凍放進嘴裡。

「為這種事感傷，是當不了馬主的。」

面對依舊笑臉相向的增矢，久美子問：「你要說的，就是這件事？」

增矢一開始說有兩件事要說。久美子心想，其中一件應該就是下個月就要讓小馬離開母親，寄放到吉永牧場，但另一件事到底是什麼，她毫無頭緒，對頻頻看表的增矢的態度感到害怕。

「是的。既然小姐是那匹馬的馬主，向小姐報告就是我的義務。」

這種事電話講一講不就得了——久美子這麼想，漫不經心地看著自己手腕上戴著的白金手鍊時，覺得背後有人。增矢武志在使眼色。是他平常的眼神，叫人走開。增矢好像發現自己使眼色被久美子發現了，立刻放鬆了表情，對站在久美子身後的人說：「喔，怎麼這麼慢。久美子小姐剛剛才來，我們話還沒說完。」

從增矢刻意的語氣，久美子猜到他兒子光秀來了，也猜到另一件事是什麼。

從去年起，每次到增矢的馬廄，久美子就感覺到增矢光秀的眼神別有含意。增矢武志早就和光秀說好，他和久美子先談，等時候差不多了，光秀再到這家咖啡店來。可是因為她遲到了四十五分鐘之久，打亂了他們的計畫，所以他才從剛才就一直在意時間——久美子如此猜想。有著騎師嬌小瘦削的招牌身形的光秀，不知所措地站在那裡。

久美子只好以笑容打了招呼，請他坐下。

「我在電視上看到夢幻和具的比賽了。我實在不敢相信，那匹馬竟然會連贏兩場。」

久美子的話讓光秀難掩羞怯地微笑了。

久美子心想，因為女人幾句話就輕易暴露自己心思的男人真討厭。

「因為馬場很澀，所以九百萬級的一般賽和特別賽才好歹沒讓人追過。只是連勝兩場以後，無論如何都必須晉級。到了一千四百萬級，夢幻就會比較吃力。如果在第三彎道的地方讓牠稍微多耗點腳力，在特別賽拿第三的話，就能留在九百萬級，這樣以後能賺比較多，但我們不能這麼做。」

光秀的話裡不時透露出一副「憑我的騎術，要馬跑第一就第一、第二就第二，一切操之在我」的自負，久美子便起了壞心眼。

「我的馬，以後也是光秀哥騎對不對？」

「我想應該是後年秋天吧，當然是我騎。」

光秀的父親插嘴：「他是我們的主力騎師啊。」

久美子一邊對光秀放送幾許天真與嬌媚，小聲說：「要是光秀哥讓花影和弗拉迪米爾的孩子一直跑贏的話，我一定會愛上光秀哥的……」

這種演技對久美子而言易如反掌。

她很清楚自己才十八歲，而且深諳一個十八歲的女孩如何完美欺騙對方的演技。如果有必要，這時候她甚至能讓臉微微泛紅。

「這下，你無論如何都要讓久美子小姐的馬在德比大賽裡獲勝了。」

增矢武志這才頭一次由衷露出滿面笑容，看著兒子。

增矢光秀從上衣口袋裡拿出一個大大的鹿皮包住的東西，放在久美子面前。

「我從小倉回栗東，在倉庫裡找東西的時候，翻到了這個。」

光秀說，拆開了鹿皮包裹。一個閃著銀光的馬蹄鐵，反射了咖啡店玻璃窗透進來的夕陽餘輝。

光秀指著馬蹄鐵背面說：「這裡不是刻著四這個數字嗎？」

久美子點點頭。

「我們馬廄的做法，是依進來的順序給馬編號。四號是第一和具。這個怎麼會到現在還在倉庫裡，我也不知道，不過這的確是第一和具用過的馬蹄鐵沒錯。本來已經生鏽變色，不過我請業者重新拋光電鍍了。第一和具是和具社長的頭一匹馬，一直到八歲春天出戰四十八場都沒有受傷。也沒發過燒，拉過肚子，是匹健壯的馬。我帶過來，想給久美子的馬當護身符。」

說著，那雙本來就往上吊的眼睛吊得更高了。

十八歲女孩的天真無邪中閃爍著對自己的好感，讓光秀興奮得紅了臉，說話變得很快。久美子很快便看出了這一點。單獨與增矢父子交談雖然痛苦，但馬蹄鐵這個禮物讓她十分高興。當年陪著父親到馬廄時，第一和具往年幼的久美子身上猛嗅，一臉逼問她「藏在哪裡？快拿出來」的神情向她索討奶油泡芙時那雙又大又溫柔、有著深深雙眼皮的眼睛，與深棗色馬身卻閃著金光的鬃毛，令久美子難以忘懷。

第一和具十五歲的秋天，在京都的大學馬術部的小馬房裡死去時，她也十五歲。捐給大學馬術部後被改名為夫跑尤乃的第一和具死於肺炎，得知這個消息的那天，她一整天什麼都吃不下，躲在自己房間哭個不停。爸媽很擔心，來房裡看了她好幾次。第一和具也備受學生們疼愛，火葬後，骨灰埋在馬術部馬房旁日照極佳的好地點。至今，那裡仍豎立著學生們集資合建的白花崗岩小石碑，每年第一和具的忌日，久美子都會獨自到京都，把石碑附近的雜草和垃圾打掃乾淨。碑上刻著「吾友夫跑尤乃長眠於此」。深愛夫跑尤乃的學生們，如今已成為社會人，年紀較長的應該年近三十了。

久美子拿起那塊第一和具在賽馬時代所使用的馬蹄鐵。比她以為的輕得多，差點沒拿好。她猜想，一定是鏽蝕得很嚴重，原有的厚重泰半因此而喪失了吧。久美子向增矢光秀道謝，用鹿皮將馬蹄鐵包好，收進她的手提包。

「第一和具從賽馬生涯退休時，我才十三歲。」

光秀說。

「到現在正好十年。」

增矢武志附和。

不用他們說，久美子也記得當時是中學生的光秀，解開好幾顆學生服的鈕子，坐在裝了燕麥的麻布袋上，用口哨得意洋洋地反覆吹著多半是當時的流行歌的某一段。光秀對被牽到運馬車準備運到大學馬術部的第一和具說「掰掰」。然後又一副什麼事都沒發生過的樣子吹著口哨，撫摸起新進馬廄的馬兒的臉。雖然是十年前的事了，但久美子仍鮮明地回想起當時滿臉痘痘的光秀說「掰掰」的語氣懷著强烈的厭惡。沒用的東西快給我滾——八歲的久美子覺得光秀那句「掰掰」背後的意味若轉換成語言便近似於此，以憤怒的眼神瞪著背向她的光秀。從此以後，久美子不僅討厭增矢武志，也討厭他的兒子。

久美子謊稱今天母親外出，必須在七點之前回到家，站起來。

「媽媽不在家的時候，爸爸回到家要是沒看到我，會很不高興的。」

在拋給光秀的笑容中，久美子不忘再度施展嬌媚的演技，這時候要更隱晦，效果才會更好。忽然間她想起自己就快十九歲了，等小馬以賽馬身分出賽時，自己可能已經二十一歲了。於是久美子雖已走到咖啡店門口，卻又轉身，小跑回到增矢父子那裡確認了一下。

「我的馬是秋天才會出賽嗎？不會夏天就在北海道上場吧？」

「要看馬的狀況，不過我想耐心等到秋季賽馬。後年的事嘛，會怎麼樣現在還不知道。」

增矢武志叫住再次道謝後要離去的久美子。

「馬啊，在能上賽馬場之前要歷經千辛萬苦。身體較弱的馬，從騎乘運動開始到好不容易會慢跑的時候，有的就會發燒。從育成場到進馬廄之後，每天以兩百公尺二十或二十一秒的速度讓牠練跑。等到這個時間縮短為十五秒之後，再把距離拉到六百、八百公尺，經過三、四次的調整，確認不會發燒、身體沒有任何異常，這才終於能夠上陣。要是在前面這一大段訓練的哪個環節受了傷，就不能上場了。就算素質再好的馬，如果不是處在萬全的狀態之下，我是絕對不會讓牠上場比賽的。何時何地會出什麼事，只有老天爺知道。而且這也跟馬主本身的運勢有關。」

「馬主的運勢……？」

「有些馬主手中的馬雖然不怎麼樣，但幾乎都無病無傷，穩穩幫馬主賺錢，也有些馬主就算買了再貴的馬，卻每一匹都大傷小傷不斷，甚至在出道之前就不得不安樂死的。」

久美子的視線移往望著自己的光秀上衣的口袋。

「我爸爸是哪一種馬主？」

「運勢好的馬主。好得有點稀奇呢。」

久美子沒去看說話的增矢武志，為了搧動他兒子光秀，雙眼直視著他的眼睛，刻意流露擔憂之色，說：「現在馬主變成是我，那匹馬會怎麼樣呢……我還沒有遇到過要看自己運勢好不好的問題呢。」

看光秀正要開口說話，久美子便不理，離開了咖啡店。

增矢光秀那種人，愈刻意打扮愈土氣，神態也好、說話方式也好，沒有任何一點吸引年輕女孩之處。但當他穿起色彩鮮豔的綵衣駕著馬，配合馬的步幅，雙手强而有力地握著馬韁趕著馬抵達終點的那一刻，還是散發出一種極具魄力的魅力，這讓久美子又感到另一種不同的厭惡。

久美子出了電梯，拿起公共電話的聽筒，打電話到父親的公司。接線生說社長已經回家了。

「是回家嗎？還是有什麼餐會應酬？」

久美子一問，接線生說句請稍候，過了一會兒，便聽到多田時夫的聲音說喂。多田沒和父親在一起，久美子便推測父親是回家了，那麼她便取消買東西的計畫，打算也回家，於是問了多田：「我爸爸什麼時候回去的呢？」

「社長說還有地方要去，我想回到家會稍微晚一點。」

稍事猶豫後，久美子問：「是田野京子女士家嗎？多田先生應該知道吧？」

「田野京子……我倒是不知道這位是誰。」

「多田先生真是個忠心耿耿嚴守祕密的祕書呀。可是，爸爸已經把田野京子女士的事和誠的事全都告訴我了，不必瞞我。」

「小姐在說什麼呢？我聽不懂。」

久美子很清楚多田這個人，除非父親親口對他說已經告訴女兒，否則他是一點口風都不會漏的，便說：「關於這件事，我有點事想請問多田先生。我七點在中央飯店的咖啡廳等你。」

說完，也不等對方回覆就掛了電話。

這件事完全不在久美子的預期之中。一方面是因為多田的應對極度公事化，故作不知的樣子令她反感，但突然興起一陣衝動，想要直接向應該很清楚一切內幕的多田多了解一下算是自己弟弟的那個少年卻也是事實。久美子進了書店，買了每個月都要看的少女雜誌和兩本文庫本，然後逛了兩、三家精品店殺時間。走出書店時，已經快七點了，但她覺得多田一定會遲到，所以儘管是她單方面指定的時間，卻遲到了整整二十分才到飯店的咖啡廳。但多田卻已經到了，他的咖啡杯是空的，菸灰缸裡有好幾根菸蒂。

「不好意思。我自己說七點，但我想多田先生七點一定趕不到，才故意晚到的。」

「我掛了電話就出來了，所以七點整就到了。」

多田笑臉相迎。然後又點了一杯咖啡，以規勸的語氣說：「只有兩種情況會不顧對方就掛電話，一個是生意談不攏，一個是情人吵架。」

久美子微偏著頭，避開多田的視線淘氣地微微一笑。

「你今天喝了多少杯咖啡啦？」

「剛喝的是第五杯。」

「這樣會傷胃，改點別的吧？」

「那，改成啤酒好了。」

多田叫來服務生，取消咖啡改點啤酒。

「小姐要點什麼？」

久美子覺得餓了，但還是點了咖啡，然後又匆匆加點了蘋果派。久美子知道自己很緊張，但緊張的原因，是頭一次和多田兩人獨自見面呢，還是因為擔心接下來要問的那件事裡隱藏著許多令人不愉快的現實呢，她不明白。她立刻就這兩方面加以分析，決定以從小便如習性般自然而然學會的拿手演技，讓眼前這個難以接近、不輕易流露感情的多田時夫落入她的掌握，於是她讓嘴角微微上揚，視線略略放低，睜大了眼睛。

久美子知道該怎麼運用臉上的哪一個部分，可以讓自己的眼神顯得天真無邪，而且美麗動人。然而，在久美子加足馬力之前，多田便說：「聽說那匹小馬現在是小姐的了？」

多田的神情和口吻，有種說不出的輕蔑。讓久美子不禁本性盡出，回嘴道：「你是想說，能自由地把昂貴的玩具據為己有真好，是不是？」

多田不直接回答。

「為什麼你會想要那匹馬？據說你的交換條件是保證絕對不會向令堂洩露令尊的祕密，但就算令尊沒有將那匹小馬給你，你應該也會將那件事藏在心底才是。」

說完，將服務生送來的啤酒倒進杯子裡，看著升起的泡泡逐漸消失。

多田明知父親已將一切告訴了女兒，在電話裡卻裝傻到底，讓久美子有種被看扁了的感覺，於是她絞盡腦汁看看有什麼手段能傷害對方自尊心。但是，每次多美子要開口說話時，都被多田搶先。多田非常巧妙地看準了久美子要開口時先發制人。

「身為馬主，從馬進入育成場那一刻起，每個月就必須付育成費。」

「等進了馬廄之後，又要付馬廄託管費。這筆費用整年加起來，比日本上班族的平均年薪還高。」

「渡海牧場那對父子是懷著什麼樣的心情將那匹馬帶來這個世界的，小姐恐怕不知道吧。」

「馴馬師增矢也不是為了好玩才接手那匹馬的。而照顧那匹馬的廄務員的生活，也全都要看那匹馬。」

「愛情不能沒有麵包。聽說這句話，是美國一個有名的廣告人為慈善募款的海報想出來的標語。真是至理名言。愛情不能沒有麵包。」

「可是小姐卻一毛錢都沒出，就成了那匹馬的馬主，一定是打算把那匹馬賺的獎金全都據為己有。」

這個人誤會了，所以才生我的氣，久美子這麼想，並且辯解般用力搖頭。但多田卻又加了一句。

「如果只是想要那匹馬而向社長要的話，我也管不著，但你卻把事關一名少年生死的問題，拿來當作交換條件。」

久美子知道自己的臉氣得發青，但多田卻一副「好了，你有話就說吧」的表情，終於喝了啤酒。她搽了幾近於紅色的深粉紅色指甲油的指甲下意識用力摳著桌子。

「我是覺得提出高一點的交換條件，爸爸心情會比較輕鬆，比較容易把煩惱說出口。獎金什麼的，我一毛錢也不想要。還有就是，我是真的很想要那匹小黑馬。因為我從頭到尾，親眼看著牠出生……」

「讓人比較容易把煩惱說出口……說得像個嘗盡人生酸甜苦辣的老前輩啊。」

多美子無言地瞪著多田。她氣得發抖，卻想不出任何反擊的方法。你要誤會就誤會好了。要瞧不起我也隨便你。那個叫作誠的十五歲少年，至今仍未曾謀面的少年，雖然我們母親不同，但他確確實實是我弟弟。跟你一點關係也沒有。不管那個少年是個什麼樣的人，至少此時此刻，我明確地感受到手足之愛。我為什麼想要那匹小馬，我沒有辦法用言語來表達。

內心如此吶喊的時候，久美子差點掉眼淚。多田轉移視線裝作沒看見她眼中泛淚，讓她好嘔。

然而，趁著本來一直看著自己的多田轉移視線，久美子找回了幾分冷靜，認為不妨乾脆利用這些眼淚。她用力眨眼，讓淚水滑落臉頰。也不擦拭，雙眼迷濛地望著多田的嘴唇。這麼一來，心情便真的有如被心愛的男人冷漠以對，不畏眾人眼光靜靜流淚的癡情女子。

「惹哭社長千金，我要升官發達就難了。」

多田半開玩笑地說，但看過來的眼神中的不知所措似乎是真的。

「我說得太過分了。對不起。」

這時候，久美子沒有去拿手帕，反而伸出兩根食指輕輕抹掉了眼淚，低聲說：「我本來是想請多田先生告訴我誠是個什麼樣的人的。不過算了。我自己去找自己的弟弟。」

算好多田要說話的時間，在他張開嘴的那一瞬間站起來，說聲我去洗把臉，進了化妝室。

久美子花時間慢慢補妝，一邊考慮著這樣多田應該會把他所知道的事情說出來才對，但其實她的心幾乎都被想狠狠還以顏色的念頭占據了。那個人不是真的把我當小孩，而是故意用對待小孩子的方式來對待我，以馬這件事借題發揮，把每個底下人或多或少都會有的對「社長千金」的排斥和厭惡之情，不著痕跡地發洩出來，然後內心竊笑著，享受一吐怨氣的痛快。我要用最狠的方法報這一箭之仇，讓他的自尊心一敗塗地。久美子平常心中要有什麼圖謀要付諸實行時，舌頭總是會下意識地左右不斷舔上排門牙內側，這時候她又不停地舔著，從化妝室回到桌位。多田面前擺著第二杯啤酒。

「你見到誠要做什麼？」

「我不知道。我只是想看看自己的弟弟長什麼樣子。」

「只是要看他的長相而已？」

久美子不回答這個問題，問：「他不換腎就會死嗎？」

多田的臉本來一直面左面右，斜向看著久美子的，現在端正坐好，頭一次正面相對。

「只要繼續每星期洗三次腎，就能活下去。可是，如果發生其他併發症……例如，要是出現心臟衰弱的症狀，就無法洗腎。如果沒有發生奇蹟讓腎功能恢復的話，他有生之年都必須洗腎。誠才十五歲啊，醫生當然會建議他換腎。」

「你是想說，弟弟都病得這麼重了，我還在吵著要馬，很不懂事是不是。」

「別提了。我剛才不是已經道歉了嗎。」

「多田先生認為爸爸應該把一顆腎臟給誠？」

多田時夫沉默片刻，食指扶著又高又挺有如希臘銅像的鼻子沉思，終於說：「身為和具工業的員工，我並不希望發生這種事。我們公司沒有人能夠代替社長。會縮短社長生命的事，恕我難以贊成。」

說完，卻又接著「然而」。

「我第一次見到誠是在今年五月底。這四個月以來，我瞞著社長私下和他見過十幾次。」

久美子吃了一驚，望著多田的臉。

「當然，我並沒有告訴誠他父親的事。我說我是他媽媽的朋友，第一次，我買了兩、三本漫畫當探病的禮物。」

多田露出笑容。

「他討厭漫畫，非常顧慮我的情緒，說的時候小心翼翼想該怎麼措詞，都不敢正眼看我。我說，那我下次來的時候買你喜歡的東西給你，問他想要什麼，他說了一個我不知道的女歌手的名字，很害羞地說她最近剛推出寫真集，希望我買給他。」

多田告訴久美子一個歌手的名字，露出溫柔的微笑。這個微笑充滿了溫暖，讓久美子頓時忘記內心的企圖，不禁也報以微笑。

「在書店買的時候好丟臉，我一直不敢面對店員。一個大男人竟然去買十七、八歲的女生拍的裸體寫真集。」

「她是大美人，又有日本人沒有的好身材。不過唱歌難聽得讓聽的人替她不好意思……」

「我帶這本寫真集去給他，他紅了臉，藏在枕頭底下。後來用真的很認真的表情說，請千萬不能讓我媽媽知道。我說，我跟你一樣大的時候，也跟朋友借了黃色書刊，半夜躲起來偷看，他就問，叔叔小時候長過青春痘嗎。我回答，不是很多，不過額頭和臉頰長過。結果誠就說，我不會長青春痘，因為我的身體沒有那個力氣……」

把剩半杯的啤酒喝完，多田低聲說：「見過幾次面以後，誠和我也愈來愈熟了。三天前，我要回去時他叫住了我，問我什麼血型。我回答我是A型。」

多田的眼神變得銳利。他點起菸，抽了一口，一雙眼睛直盯著久美子。

「其實，我的血型和社長一樣，換句話說，和誠一樣都是B型。」

說完，摁熄了才剛點著的菸。

「這麼感傷，真不像多田先生。就算血型一樣，也和多田先生無關吧？又沒人叫多田先生捐腎。」

「我也不會捐。」

「那，老實回答B型不就好了。」

「如果小姐是我，恐怕也會撒同樣的謊。人就是這樣。」

「我是A型啊，如假包換。」

對方明明沒問，久美子卻認真地說。

然後想到，喔，該實行計畫的第一步了。她朝著咖啡廳大大的玻璃窗，假裝沮喪地看著排隊候客的計程車，偷偷觀察映在玻璃窗上的多田。在多田訝異地開口說話前那段好長的時間，一直維持這個樣子。

「還在不高興嗎？」

多田說。這下，久美子真的去看計程車。

「今天，增矢先生找我出來，所以我才會跑到梅田來。」

她放低聲音說。

「聽說那匹馬下個月就要寄放到日本最大的牧場吉永牧場去了。」

「因為馬主已經不是社長，而是小姐了啊。馴馬師有義務說明和報告的。」

「這種事打電話就好了啊？他卻特地把我找出來，拿那個當藉口，其實別有目的……」

「別有目的……？」

「他兒子後來也來了。好像是早就安排好的。」

看來多田明白了久美子想說什麼，沒有進一步發問，叼起了菸。

「我最討厭那個姓增矢的馴馬師和增矢光秀那個騎師了。」

「增矢馬廄，現在在關西已經是大型馬廄了。他兒子將來從騎師退下來，應該就會繼承他的馬廄。你知道那對父子一年的收入加起來有多少嗎？」

「所以我才不是因為想問自己弟弟的事，特地來找多田先生的。」

最後的部分以若有似無的聲音喃喃說完，久美子側著頭靠著玻璃窗。就這樣等多田說話。

「我和社長一起到靜內的渡海牧場那天，社長叫我幫那匹馬取名字。社長說，馬名不要再加和具了。法文或什麼文都可以，最好是有意義的。我想了很多，翻了法文辭典、英文辭典和各種辭典，終於想到一個。很適合公馬，念起來也很好聽，我自己很喜歡，就看馬主滿不滿意了。還是小姐要自己為馬命名？」

久美子知道計畫的第一步奏效了，這才終於注視多田。

「你取了什麼名字？」

多田從西裝內口袋取出記事本，從後面撕下一張，以原子筆寫了字，放在久美子眼前。久美子接過來，看了上面的字，瞬間覺得上半身發熱，腳尖發冷。紙上寫的是「不要再裝大人了」。久美子只想早點從多田前面消失，但勉强控制自己，拚命繼續演下去。將眼睛、嘴唇的力道全部鬆開，哀怨地說：「這麼長的名字，賽馬會不會接受的。」

多田臉上找不到一絲嘲弄的樣子。而且，也沒有戴著人們為了掩蓋勝利之情而常戴的那種面無表情的面具。是平常那張不知是冷漠還是溫暖、沒有笑意、怒氣、不耐煩的，條理清晰的臉。多田將久美子手中的那張紙拿過來，翻過來又在上面寫字。多田把紙推到久美子面前，

「喜歡就請用吧。好歹也是我拚命想出來的。」

說完便站起來，拿起帳單走了。久美子看了那張紙一眼。上面寫著「歐拉西翁」。歐拉西翁……這是什麼意思呢？久美子懷著無地自容的屈辱，內心一隅描繪出小馬出生那一瞬間的情景。歐拉西翁，久美很喜歡多田取的這個名字。伸手拿起多田忘了帶走的香菸盒，抽出一根，叼起她生平第一根菸，擦了火柴。

二

久美子讓大學籃球社隊長安井修開車送她回到家，說聲謝謝要從副駕駛座下車時，被安井按住肩頭。

「什麼時候要給我回答？」

安井邊逼近邊說。和多田在中央飯店的咖啡廳見過面的第二天，安井在大學陰涼的走廊上悄悄遞了一封信給久美子。接到這封又臭又長，重點不清地表示喜歡久美子，想要她當女朋友的信後，已過了近一個月。

「沒有回答就是回答了呀？」

安井的手使勁强抱久美子。久美子心想著這個人的手好大啊，邊用手提包打安井逼近的嘴唇。

「你這樣會更討人厭。」

久美子聽說一個同班但從沒說過話的文靜女生懷了安井的孩子，最近才剛墮胎，便冷笑著說出那個女生的名字，瞪著他。

「我可不像她那麼好打發。你要是再以情聖自居，很快就會有人用强姦罪告你。」

又說，「强吻不願意的人是犯法的。你要是不怕，那就用强吧。等著我告你。」

安井露出賭氣的笑容，放開久美子。

「那你幹嘛坐我的車？」

「是你一直纏著我說我送你我送你的，我今天又累了，不想搭電車回家。」

久美子丟下這句話下了車。輪胎發出激烈的擦地聲，安井的車高速開下坡道。那種人要是撞死人，最好是判死刑——邊想邊進了大門走向玄關的時候，發現母親美惠正從二樓窗戶俯視著自己。久美子心想，母親怎麼會在自己房間？久美子一打開自己的房門，只見美惠坐在床上，無言地指著桌子。上面有一張以細小的文字寫的明信片。是寄給久美子的，寄件人是渡海千造。

——好久不見。三天前，我們靜內也下了入冬的第一場雪。小黑十月五日已移往吉永牧場。雖然捨不得，但也明白這是為牠好。博正一有時間，便瞞著我跑到吉永牧場。小黑很好。聽和具社長在電話裡說把小黑給了小姐，讓我吃了一驚。往後，我會將小黑的情形通知小姐。先以此報告——

看完朝美惠一看。

「天哪，嚇死人了。」

得到的是這句話。

「連女兒也瘋起馬來了。而且還讓男人開車送回來，差點失身，你腦子裡到底在想什麼？」

失身這兩個字很好笑，久美子不禁輕聲笑了。

「真不該讓女兒上大學的。這四年都學壞了，到畢業的時候搞不好還會生兩、三個沒爹的孩子。」

「又不是我的錯。是送我的人突然變臉。」

「坐上那種人的車的又是誰？」

「我今天特別累，才只好讓人家送回來的。我沒有做什麼讓媽媽擔心的事。我沒那麼笨。」

「會講這種話的，最容易被爛男人騙。」

「有那個心情擔心我，媽媽，你不如換成用麵包當主食，稍微減個肥吧？你都有雙下巴了，我看肚子的游泳圈也三層了吧。在日本，人家說胖胖的看起來很富泰，是有錢人的象徵，不過在歐美可是相反喔。」

「我呀，不吃會胖，吃了也胖。反正都是胖，那倒不如愛怎麼吃就怎麼吃。」

美惠嘿咻一聲，從床上站起來，拿酒紅色毛線做的外褂帶子一會兒繞上手指一會兒鬆開，問：「你爸爸把那匹叫小黑的馬給了你，是什麼意思？」

久美子打開衣櫥，開始換衣服。然後說：「因為我跟爸爸吵著說我很想要。」

「那匹馬，你爸爸花多少錢買的？」

「三千萬。」

美惠故意嘆氣的那張臉，出現在衣櫥門內側的鏡子上。久美子偷偷看了口紅塗得比女兒還紅的母親與自己一點也不像的下垂小眼睛。心想，原來我是眼睛像爸爸，鼻子像媽媽。要是反過來的話，一定會覺得這世界很無趣吧。想到這裡，她邊拉上牛仔褲的拉鍊，低著頭笑了。

「有什麼好笑的？」

「咦！你怎麼知道我在笑？從鏡子應該看不到啊。」

「臉上一笑，背影也會笑。」

久美子往床上一躺，拉上棉被，說她想睡一下，吃晚飯的時候再叫她。美惠幫她蓋好被子，又一次坐在床緣追問。

「媽媽話還沒說完呢。你爸爸怎麼會把一匹三千萬的馬給才十八歲的女兒呢？」

「我五天前就滿十九歲了。」

「十八也好，十九也好，還不都一樣。」

「這你要問爸爸呀。我也沒想到爸爸真的會把馬給我，還嚇到了呢。」

「是嗎，那我來問你爸爸。」

說完，美惠總算離開了久美子的房間。久美子重新把被子蓋好，閉上眼睛，聽著母親下樓的拖鞋聲。心想，要騙媽媽，對爸爸來說，比高爾夫球低於九十桿還簡單。久美子不禁想起平八郎感嘆差點總是無法低於二十的神情，以及洩氣地喃喃說，總要能破九十桿，才好意思跟別人說我在打高爾夫球。此時她忽然心頭一凜，似乎父親最近特別熱中打高爾夫球。這沒有什麼好可疑的，但她直覺感到其中一定有原因。父親下定決心了。父親已經決定，等時候到了，他就會把自己的一顆腎臟給誠。所以趁身體還健全的時候，盡情地打高爾夫，活動身體。久美子相信自己的直覺沒有錯。她下了床，拿起自己房間也有的電話的聽筒。平八郎還在公司。

「爸爸今天預定什麼時候回來？」

久美子問爸爸。

「我還要開會，大概九點吧。」

「阪神國道往蘆屋川那邊上去一點點，開了一家新的咖啡店不是嗎？」

平八郎想了一會兒，但回答不知道。

「一樓都是賣國外家具的店，二樓是咖啡店，三樓是美容院。一看就知道了。九點我在那家咖啡店等爸爸。」

「有什麼話不方便在家說？」

「嗯。」

爸爸可能會早點到，也可能會遲到。平八郎這麼說，掛了電話。

久美子打開暖氣，聽著送風口噴出暖風的聲音，心裡浮現那匹將來會被取名為歐拉西翁的小黑馬，從花影體內出現時的樣子。那時候，小馬全身濕透了，聞著千造、博正和母親的味道，但不知為何，久美子有一種錯覺，覺得小馬出生在這個世上的那一瞬間，那雙深青色的眼睛好像一直看著自己。在久美子房間的米色地毯上，剛出生的小黑馬望著自己，搖搖晃晃地站起來，眼中含著淚。久美子想像自己膝行向前，抱緊小馬。但不久小馬就變成一名躺在床上的少年。久美子抱著少年。她在少年耳邊悄聲說：「你枕頭底下藏了什麼？」少年害羞地扭身。突然，樓下傳來三味線的聲音。美惠負氣粗魯地彈著的三味線琴聲短短五、六秒就停止了，取而代之的是女佣大喊鍋子溢出來了的聲音。這陣吵鬧，讓小馬和少年都從久美子面前消失了。但久美子內心那陣說不出哀傷還是歡欣的悸動卻沒有消失。淚水沿著臉頰，滴落在手背上。要是少年健康地活著，就算知道了他的存在，自己應該也不會受到多少衝擊，會一直漠不關心吧。畢竟和自己無關。那少年會過他自己的日子，一輩子也不會和自己見面。可是，弟弟得了不治之症，已經住院好幾年了。而且，也不知道還有多少年好活。一這麼想，久美子便對誠這個弟弟，感覺到自己也覺得不可思議的強烈愛情。同時，也才對小黑馬產生了由衷的愛。

小馬對久美子而言已經不再是馬了。彷彿是一種化身。一種神聖的、什麼東西的化身。久美子不明白她為什麼會這麼覺得，便試著將小馬和誠重疊在一起。她在兩者之間找不到任何關聯。明明找不到，久美子卻能擁抱因哀傷與歡欣而產生的同質的愛憐。新的眼淚再度奪眶而出，久久不停。

八點半，久美子穿上薄外套出門。小曲同學們打電話來邀約，美惠吃過晚飯便換上剛做好的洋裝，興沖沖地出門去了，所以久美子不必另外向母親編造藉口，讓她鬆了一口氣。豪宅大門淡淡的光，讓初冬的夜晚看起來比實際還冷。下了陡坡，來到蘆屋川畔，久美子小跑著前往配合原有地景設計，絕不華美卻充滿新意的小巧新大樓前。爬上樓梯，往打造出西班牙古城風格的咖啡店裡看。客人幾乎都是年輕男女，久美子正考慮要坐哪裡時，有人從後面拍她的肩。

「我按了喇叭，你沒聽到啊？」

平八郎說。大概是在車上看到久美子上樓梯吧。

「那我們是同時到的嘍。」

平八郎對久美子這句話點點頭，將西裝外套放在沒人的桌上。

「這裡賣酒嗎？」

大概是聽到平八郎的話，一個看似老闆的中年女子走過來。

「有不錯的德國葡萄酒。」

「那，就來一瓶白酒吧。久美子也要喝嗎？」

「嗯，我也要喝。」

平八郎要女子配幾樣適合葡萄酒的輕食後，開口：「要跟爸爸說什麼？」

久美子考慮著該怎麼開口，但覺得不如單刀直入地問。

「爸爸，你已經決定了？要把自己一顆腎臟給我弟弟？」

平八郎點了香菸後，皺起眉頭略加思索。

「我弟弟啊……爸爸可沒說那是爸爸的孩子。」

說著笑了。

「我連一次也沒看過他。和多田一起去渡海牧場那天，我跟他說，我對誠從來沒有感覺到絲毫父愛。他也追問是真的嗎。我說，真的沒有。雖然沒有，但要是配對檢查確定我的腎臟最適合誠的身體，我就把我的腎臟給他。」

「可是你明明不愛他？」

「少了一個腎臟，我想我的壽命大概會減少十年。但是，這樣誠就可以過三年或是五年，運氣好的話，十年到十五年，正常人的生活。久美子覺得我失去的十年，和十五歲男孩從醫院病床和病痛解脫的十五年，哪一個比較有價值？」

久美子答不出來。她覺得這不是個可以放在天秤兩邊比較的問題。於是久美子怯怯地低聲說：

「我覺得都很有價值。不能拿來比。」

冰得透涼的葡萄酒送上來了。女老闆倒了一點在酒杯裡，說「請嚐嚐看」。平八郎讓酒在嘴裡轉了一圈，然後稱讚：「嗯，挺不錯的。」

久美子一下就看出平八郎並不覺得酒有這麼好，是為了讓女老闆高興才這麼說的。她喝了倒給她的酒。她不懂葡萄酒，但滲進牙齒的涼意很舒服。

「別因為順口就喝太多。喝葡萄酒喝醉，事後會很不舒服。」

說完平八郎收回臉上的笑容，望著久美子。

「都有價值。不能比較。我也這麼想。所以我也很煩惱。最後我決定，把自己的腎臟給我的孩子。」

決心已定，絕不反覆——平八郎的聲音中有著令人如此感覺的凜然。

「多田先生說，他身為和具工業的員工，難以贊成。」

久美子這句話，令平八郎一臉訝異。

「你和多田談過這件事了？」

「大概一個月前，我們在中央飯店的咖啡廳見過面。他說，公司裡沒有人能代替社長，所以不能讓社長減壽。」

「很像多田會說的話。可是，他也有另一面。」

「另一面……？」

「我問他，要是你站在我的立場會怎麼做，他毫不猶豫地說，他會把自己的腎臟給兒子。然後又說，他在書上讀過『母親的肉是孩子的肉，孩子的骨頭是母親的骨頭』這句話。他覺得母親這兩個字也可以換成父親。」
平八郎邊幫久美子倒酒邊說。
「母親的肉是孩子的肉，孩子的骨頭是母親的骨頭。等哪天久美子當了媽媽，就會明白這句話真正的意義了。」
久美子無法完全體會多田說的這句話的意思，但覺得把母親換成父親好像不太對。因為她覺得，母親與孩子的關聯，和父親與孩子的關聯，看似相同，卻截然不同。她認為自己之所以會這麼覺得，可能是因為自己是女人，但她決定不對平八郎說。
「爸爸，你有時候會去田野京子女士家對不對？」
「一個月一、兩次吧。我還是很擔心誠的病情。」
「那你會不會和她再續前緣……」
「別開玩笑了。年過五十的女人，在我來說已經不是女人了。你這個直覺，很遺憾，不準。」
「爸爸為什麼不去看誠？」
「天天猶豫著今天去看、明天去看，結果還是算了。我打算等到沒辦法洗腎，只剩下換腎這條路了，再告訴他我是他爸爸。但是在那之前，我要先做配對檢查。就算我是父親，血型也一樣，也許還是會得到我的腎臟不適合誠的結果。到時候，我也就沒有必要出面承認我是父親了。其實我希望最好是這樣。」

「那我可以去看我弟弟嗎？」

「隨你。」

酒瓶裡的酒還剩將近一半，平八郎卻站起來，笑著說：「我叫車子先回去了，我們一起走回家吧。偶爾也想靠自己的雙腿爬爬坡。」

「這陣子，爸爸常常走吧？走高爾夫球場的坡。」

久美子一提，平八郎的眼神顯得有些落寞。

「我已經很久沒有走晚上的坡路了。以後我會很常走，不如趁現在先習慣。」

走在蘆屋川畔，久美子挽著父親的手臂，靠在父親肩上。

「爸爸，你要多田先生想馬的名字？」

「哦，是啊。他取了什麼名字？」

平八郎似乎完全把這件事給忘了，停下腳步望著久美子。

「歐拉西翁。」

「歐拉西翁……念起來很響亮，而且聽起來是個很厲害的名字。」

「我還以為是法文，結果一查，是西班牙文。真的有這個詞呢。」

「是什麼意思？」

「祈禱。」

「祈禱？」

兩人過了橋，穿過阪急電車高架橋下向左轉。然後默默地爬上從那裡驟然變陡的彎曲窄坡。

在豐中市一家大學附屬醫院的櫃台問到了田野誠的病房號碼，久美子便搭電梯到五樓。星期一、三、五是洗腎的日子，久美子避開和父親談過的第二天星期五，蹺了星期六早上的課，上午便出門來到醫院。

站在五一六號房前，對四張印有住院患者姓名的名牌中的田野誠這三個字看得入神，但手快過猶豫的心，已經敲了門。輕輕打開門，患者們的視線一齊落在久美子身上。一個年過七旬的老人，一個滿臉鬍子、氣色好得令人納悶到底哪裡有毛病的男子躺在窗邊的病床上。還有另一個是二十歲左右的青年，所以久美子馬上就知道四人當中誰是自己的弟弟。可是，就算四名住院患者全都是同齡的少年，她也一定能準確地認出誠。因為誠和平八郎相似得令人起雞皮疙瘩。久美子分別向其他三名患者微微行禮，走到誠的病床旁。本來戴著耳機聽音樂的誠，看到久美子，一臉狐疑地摘下耳機坐起來。

「我叫和具久美子。平常很受誠的媽媽照顧，所以來探望你一下。」

久美用事先準備好的說辭作了自我介紹，把帶來探望的禮物放在床邊小小的邊桌上。

誠的臉蒼白，明明很瘦，眼周卻腫腫的。他露出一絲疑惑、不解的禮貌性笑容，說：「謝謝。」

久美子猜想誠一定受到嚴格的飲食限制，所以為了找水果蛋糕的食物之外，十五歲的少年會喜歡的東西，昨天走遍了梅田的百貨公司，走得腿都僵了，才買了可以用耳機聽的卡式音響。久美子看看他枕邊，上面有收音機和電視，卻沒有音響，心想「啊啊，太好了」。然後說：「我還在想要買什麼禮物來探望才好，結果選了卡式音響。你要是有什麼想要的錄音帶就跟我說，我下次買來給你。」

「卡式音響……這麼貴的東西，我不能收。」

這時候，窗邊病床上的鬍鬚男對誠說：「喂，誠誠，你今天的客人真是個大正妹啊。」

視線毫不客氣集中在久美子的胸部、腰部。誠以緩慢的動作穿上拖鞋。

「這位姐姐，對面有會客室，我們到那邊去吧。」

說著，拿起久美子帶來的探病禮物。正要進會客室，卻被一個護士叫住。

「會客嗎？」

「對。」

「時間不能太久，否則患者會太累。」

接著護士對誠說：「不能超過十五分鐘喔。」

然後走進別的病房。

會客室裡，除了久美子和誠之外沒有任何人。房間很冷清，一張大桌上只放了兩個薄薄的鋁製菸灰缸。兩人面對面坐下，久美子心想一定要說些什麼，腦子卻一面空白。誠的視線不時往久美子身上繞，卻又馬上把視線移開。

「我不能收不認識的人的禮物。」

誠把包著百貨公司包裝紙的卡式音響推到久美子面前。

「這個不貴。就值五個高級哈密瓜。我很有錢，所以你不用跟我客氣。我走遍了百貨公司才買來的呢，你就收下吧。」

「你很有錢？」

誠臉上頭一次露出少年的笑容。

「對呀。我還有一匹賽馬呢。」

「賽馬……！好厲害喔。那個一匹要好幾千萬吧？」

「我的馬三千萬。」

「哇啊，叫什麼名字？剛才那個鬍子叔叔，只要一到星期六、日，枕頭旁邊就一邊放收音機一邊放電視，拿紅色綠色紫色的鉛筆在賽馬報上圈圈、叉叉、三角形的拚命做記號呢。」

「我給牠起名叫歐拉西翁。不過牠現在才一歲而已。要等到後年才能上賽馬場。」

「是公的還是母的？」

「公的。一匹純黑的馬。牠出生的時候，我從頭到尾都在旁邊看。」
「歐拉西翁啊。這名字好氣派啊。三千萬嗎？好誇張喔。」
久美子看到誠眼中的光輝，感到驚訝。為了讓他收下卡式音響，自然而然提到了馬，但他對這個話題表示出高度興趣，超乎久美子的預期。她心想，誠果然是爸爸的孩子。
那一瞬間，她忽然想起小馬出生前，在渡海牧場馬廄旁的車上，渡海博正告訴她的那個高多芬阿拉伯坎坷一生的故事。久美子想把這個故事說給誠聽。她拚命挖掘記憶，想盡可能正確地複述博正告訴她的故事，開始說：「呃，西元一千七百二十多年，摩洛哥全國禁食祈禱的那天，一匹阿拉伯馬誕生了……」
說到一半，久美子忘了這個只聽過一次的故事情節，每次停下來回想的時候，誠就急著問然後呢？然後呢？久美子總算說完。
「從譜系追溯回去，這匹叫作歐拉西翁的小馬身上流著濃濃的高多芬阿拉伯的血。」
最後加上這一句時，誠從會客室的窗戶看著天空。久美子也跟著沿他的視線看過去。藍天一角，出現了不知何處飄來的烏雲。烏雲以肉眼察覺不出的速度持續擴散。久美子心想，何必去看那個呢。烏雲有如不幸的預兆般開始覆蓋醫院上空。

「我好想看那匹小馬在賽馬場上跑喔。」

誠望著雲，喃喃地說。

「……後年啊。」

對誠來說，「兩年後」很有可能是等不到的一年。誠此刻正這麼想。久美子看出了這點，小聲對他說了一句連自己也完全沒料到的話。

「你想要那匹馬嗎？想要的話，可以送你。」

誠以茫然的眼神望著久美子，但那雙眼睛逐漸出現憤怒之色。

「你是在捉弄我嗎？你說你姓和具？你說你是我媽媽的朋友，是騙人的吧。你到底是誰？為什麼要來醫院？你明知道反正我活不久了，才說要把價值三千萬的馬給我？」

這張生氣的臉，也和父親生氣時一模一樣——久美子這麼想。

「我是你媽媽的朋友呀，不然你問你媽媽有沒有一個叫作和具久美子的朋友，馬上就可以證實了吧？」

誠一臉餘怒未消的樣子站起來，離開會客室。

他的拖鞋聲朝病房遠去時，久美子也站起來。走到窗邊看烏雲。看著那宛如不幸使者的雲好久。然後轉身準備離開的時候，不禁按著胸口呆住了。因為誠就拿著紙筆站在那裡。

「請你寫下誓約書。說要把那匹小馬讓給田野誠，簽名蓋章。」

久美子很高興，差點就自承是他姊姊。久美子在椅子上坐下，寫了誓約書——「茲將父馬弗拉迪米爾、母馬花影之間所生的小馬歐拉西翁，讓給田野誠。和具久美子」。

「請寫下今天的日期。」誠說。

久美子寫了日期，翻了翻包包。久美子在郵局開了戶。旅行的時候，鄉下地方經常無法使用銀行的提款卡，所以她養成隨身攜帶印章的習慣。心想該不會放在別的包包裡吧，但她在這天帶的包包底部找到了印章。久美子在簽名底下蓋了章，把誓約書交給誠。

「你很想看那匹馬是什麼樣子吧。我最近會去北海道，再拍照給你看。」

誠以恍惚的眼神流輪看著誓約書和久美子，久美子對他微微一笑，離開了會客室。正巧與剛才的護士擦身而過。護士停下來，口氣很凶地說：「不是說好十五分鐘的嗎？」

但久美子不理，以雀躍的腳步走過通往電梯的長廊。

三

一到千歲機場，久美子立刻打電話到渡海千造家。

一到十一月中旬，北海道便被白雪覆蓋，但或許是因為機場這一帶位於北海道南端，雪比想像的薄得多，而且一塊一塊的，並沒有全部覆蓋。

一接起電話，千造便說：「關西可能還很温暖，可是這裡的風冷得連耳朵都會刮下來。」

「關西不暖呀，都十一月了。那是和北海道比啦。」

「對對對，我忘了說。」

「我現在在千歲機場。」

千造叫的那聲「咦」讓久美子鼓膜都痛了。
「早上突然想到，就飛來了。」
千造説聲請等一下，聽來是按住了通話口，但還是稍微可以聽到他喊博正的聲音。過了一會兒，千造説：「小姐在機場殺殺時間，我兒子會開車過去。」
久美子説不用麻煩了，她只是想看看小黑，只要告訴她吉永牧場在哪裡，她會自己過去，結果千造很快地説：「小黑在離機場開車十五分鐘的地方。吉永牧場有三座牧場，小黑在其中最大的一個，叫早來的地方。博正會過去，請小姐等一下。」
説完就要掛電話。既然小黑就在附近，等博正從靜内來到這裡的時間就可以把事情辦完了——久美子這麼想。
「不用特地過來，我會自己過去。請轉告博正。」
久美子還沒説完，千造就已經掛了電話。從靜内到千歲機場，再怎麼趕，也要兩小時的時間。
「光等的時間就可以把事情辦完，搭飛機回家了。」
久美子自言自語，噘起了嘴。自己去那個叫早來的地方，看了小黑拍了照，然後再回機場等博正好了。久美子這麼決定，就到計程車乘車處。

「請到早來的吉永牧場。」

司機一聽便回嘴：「是吉永牧場的早來分場啦。」

車子從機場再往南，轉入國道二三四號。

「就在那裡了。」

司機說完不到兩分鐘，他們便抵達寫著「吉永牧場　早來分場」的大門前。看來有幾十個渡海牧場大的牧場，四周被葉子掉光的巨樹包圍。披著淡淡的雪連綿起伏的牧場上，幾十匹馬奔跑著，雪花四濺。馬廄也很氣派，比渡海牧場的大了好幾倍。好幾幢紅屋頂別墅風格的漂亮建築並排在一起。久美子四處張望著找小黑，但莫名心生膽怯，一直佇立在門口。一輛進口黑頭車從後面按了喇叭。久美子趕緊靠到門邊。車子在久美子面前停下來，一個戴著銀邊淺黑色眼鏡的六十開外男子從後座探出頭來。

「別客氣，上車吧。」

這張臉久美子記得很清楚。是吉永牧場的會長吉永達也。

「我的馬寄放在這裡。我想看看那匹馬拍個照，馬上就走。」

吉永遠也看著久美子，說：「我們見過對吧。」

「是的，去年菊花賞的時候，家父為我做了介紹。」

「是和具先生的千金對吧。對對對，我想起來了。」

吉永打開後座車門。

「請上車。我們的確受增矢之託，幫忙照顧和具先生的馬。應該正在牧場的哪個地方跑吧。」

久美子在吉永身旁坐下，車子一開，吉永便問：「那是匹好馬呢。馬主是小姐嗎？」

「我吵著向家父要來的。」

「哦，和具先生真大方，把那匹馬送給小姐了啊。」

在久美子見過的人物當中，吉永達也是讓她覺得格局最大的一個。而久美子也感覺得出身旁吉永達也的大器之中，源源不絕地滲出的傲慢與倔强。但卻令人相信這正是構成吉永這個人的大器的核心，不知為何一點都不令人反感。因此，久美子的心情立刻放鬆了。天生親人的個性冒出頭來，她老實說：「其實不是送我，是我威脅家父搶來的。」

「威脅……女兒手上都有很多可以用來威脅父親的材料吧。被抓到把柄就慘啦。」

吉永輕聲笑了。

車子沿著白色柵欄前進，在別墅風格的建築物中最大的一幢前面停車。一個穿著羽絨夾克的年輕男子小跑步出來，打開了後車門。司機也敏捷地下了車，幫久美子開車門。久美子一下車便朝柵欄走過去，尋找小黑馬。好幾匹腹部開始明顯隆起的繁殖母馬聚在一起。有的馬兒凝望著風的來向，有的馬兒彷彿低頭沉思般，鼻子簡直要擦到雪地，卻動也不動地閉著眼睛。就要迎接三歲的年輕馬兒們成群地沿著柵欄奔跑。

牠們雖然身形已經成熟，但動作卻還有稚嫩之處，柔軟的冬毛在北風中翻捲。千造說的沒錯，久美子的耳朵痛得好像快掉下來了。

寒風、陰沉的天空與一群不會說話的生物，這座規模超乎想像的牧場的堂堂風光，讓久美子感到失落。不禁想著小黑不是這座牧場的馬，會不會被帶到沒有陽光的暗處，會不會被馬兒們、牧童們當作拖油瓶欺負？

「先進去喝點熱的吧？小姐的馬，我會叫人帶過來。」

在吉永邀請下，久美子走進了紅色三角屋頂的建築。

「這是場長衣笠。」

吉永這樣介紹年輕男子，並對衣笠說：「這是和具工業的社長千金。花影的孩子，現在是由這位小姐當馬主。」

場長看來是個沒有壞心眼、不會擺架子的青年，久美子稍微放心了。

「去會客室倒不如去我的辦公室好了。」

吉永對衣笠說，帶久美子到一個開了暖氣的大房間。歐美賽馬場的照片、吉永牧場進口的種馬的照片，都裱了框掛起來。久美子一在沙發上坐下，便再次道謝。

「謝謝您不怕麻煩，收留我的馬。」

「不客氣。增矢特別賣力，而且那可不是別人的馬，是和具先生的，我很樂意幫忙。有素質的馬來到我們牧場，長得更強更好，是件好事。」

吉永命送咖啡來的衣笠稍後將花影的孩子帶來，然後指著一張照片說：

「這是英國的艾普森賽馬場。可說是世界賽馬的發源地。」

吉永站起來，抬頭看一匹馬的照片。

「而這就是『聖艾斯特瑞拉』。一直有國外育馬者搶著出五十億日幣要買的種馬。對我而言，牠比任何天價寶石都有價值。去年菊花賞和今年的橡樹大賽、德比的冠軍，都是牠的孩子。不光是日本，在全世界賽馬界，『北地舞人』的子孫都非常搶手。我買的聖艾斯特瑞拉，在北地舞人的孩子當中也是數一數二的。當日本的育馬者殺紅了眼搶著買歐洲幾乎已經是老殘的種馬時，我就已經預測不久的將來會是美加馬的時代。所以我持續買美國產的兩歲馬，不是為了作為賽馬，而是作為種馬。這匹聖艾斯特瑞拉也是十年前我在肯德基列星頓舉行的世界最大的兩歲馬拍賣會金蘭夏日拍賣會買的。我料的一點也沒錯，現在北地舞人這支父系，與『厚禮』、『勇者帝王』這兩大系統並列為二十世紀的三大種馬系統。」

一連說到這裡，吉永才回頭看著久美子說。

「花影是勇者帝王系，弗拉迪米爾是厚禮系的。小姐的馬身上，就流著我聖艾斯特瑞拉的兩大敵對系統的血。」

在他的表情裡，看得出大橫綱在土俵上悠然向新入門的弟子挑釁的味道

——放馬過來吧！我陪你練練。

久美子很想親眼看看吉永達也自稱價值五十億日圓的聖艾斯特瑞拉。正要開口的時候，忽然改變主意，說：「聖艾斯特瑞拉今年出生的小馬當中，吉永先生認為最好的一匹，能不能讓我看看？」

吉永笑著點點頭，拿起辦公桌上的電話。然後叫人在帶花影的孩子過來時，也一起將「蘇特沙克」的孩子帶來。然後又交代了一些公事，掛了電話。

「失陪一下。」

說完離開了辦公室。

下雪了。她想著，就像阿拉伯馬高多芬在歐洲顛沛流離，每換一個地方就換一個主人，小黑也在不到一年當中，所有人從父親到我、再從我換到誠。吉永的辦公桌後有一座大書架。上面幾乎都是外文書，但她的視線停留在一本厚厚的書的書背上。那是日本中央賽馬會發行的。

久美子從沙發上站起來，抽出那本厚厚的書，又坐回沙發上。自日本正式舉辦賽馬以來，所有上過賽馬場的馬，以及其戰績和譜系全都整理在這一冊裡。久美子心想，第一和具會不會也在裡面？她花了很久的時間，在這本厚厚的書後半部，找到了第一和具的名字。裡面記載了第一和具的父親的父親、父親的母親、母親的父親、母親的母親。她沉浸在懷念之中，一直看著第一和具這個名字。想起第一和具溫柔的雙眼。

她完全不知道第一和具在世界馬譜之中屬於什麼系統。看了父親的父親的名字。然後又看父親的母親，注視著母親的父親的名字。上面寫的是「海上戰將」。海上戰將……久美子努力回想博正告訴她的純種馬三大始祖的故事。然後終於回想起博正說，高多芬阿拉伯的孫子有一匹叫作「馬湛」，馬湛系就是從牠開始的。馬湛的不知道第幾代誕生了一匹很厲害的馬叫「鬥士」，鬥士的孩子出了一匹叫作海上戰將的美國三冠馬。第一和具的母親的父親就是海上戰將的話，那麼第一和具的母系父親應該就能追溯到馬湛系了。久美子正埋頭想著這些時，吉永回來了。

「對不起，我未經許可就從書架上拿了書。」

聽久美子道歉，吉永笑著問：「你在查什麼嗎？」

「這匹馬，是家父買的第一匹馬。」

說著，指出印有第一和具的文字。

「哦，這樣啊。」

「能不能從海上戰將這匹馬再往上追溯呢？」

「為什麼？」

「您知道鬥士這匹馬吧？」

對於久美子這一問，吉永當下點頭為她說明。

「是馬湛系的。他是史上第一匹三冠馬『西澳』的第五代，生於第一次世界大戰如火如荼之時，所以取了『Man o' War』，也就是鬥士這個名字。據說是匹高大的赤栗馬，所以又有個綽號叫『紅大個』。」

久美子對永吉說，她想確認第一和具的母方父系海上戰將是否屬於鬥士系統。吉永默默走到書架，翻了幾本書，最後終於拿了一本很舊、書背上的字幾乎已經完全糊掉的書回來。

「第一和具的確是鬥士系沒錯。」

他只說了這句話，便又抬頭看別的種馬的照片，開始說：「這是『大砲伺侯』。一樣是北地舞人的孩子。我五年前買的，牠的孩子明年就要出賽了。是衝刺型的馬，而且非常有活力。看了聖艾斯特瑞拉的孩子的表現，仍半信半疑不願相信北地舞人系統已成為世界主流的蠢人，明年也不得不服輸了。」

但是，吉永這些話久美子卻聽不進去。她的第一和具和小黑一樣繼承了濃濃的高多芬的血。這項發現為久美子帶來不可思議的感動與陶醉。一股類似戰慄的感覺，讓久美子雙頰發燙，熱血沸騰。不知為何，她覺得誠一定會活下去。下次見面，我要向誠坦承一切——她心中暗自決定。她感謝自己的心在那一刻讓自己開口說要把小黑送給誠。她愈來愈相信，小黑，歐拉西翁，會成為誠活下去的依靠。

吉永突然轉身，伸手調整些微歪斜的領帶結。

「請好好欣賞我的寶石。」

彷彿對久美子聽自己說話時心不在焉心知肚明似的，笑著對她說。

久美子站起來，走到吉永身邊，專心看著聖艾斯特瑞拉的照片。棗紅色的毛，從鼻子到額頭有一片白毛。右前腳與左後腳前端也長了白毛，外型是所謂的二白流星。久美子也看得出來，聖艾斯特瑞拉的體形就賽馬而言，比例完美無瑕，但牠全身散發出來的格調更是令人絕倒。

「好有格調的馬呀。」

「是的，很有格調。沒有格調的馬是沒辦法跑的。凡是好的賽馬，全都很有格調。人也一樣。沒有格調的人成不了大器。」

吉永的眉毛本來就略有點垂，一笑就呈現出清晰的八字型。但是，因出現八字眉而本應顯得柔和的臉上，傲慢的部分反而更有個性地如實顯現出來。

「萬一蘇聯從北海道打過來，開始侵略我們日本的話，我就帶著聖艾斯特瑞拉一人一馬逃到美國。這樣我這輩子就不愁吃穿了。」

吉永半開完笑地笑了，但久美子覺得他說的是真心話。

有人敲門。

場長衣笠報告：「有和具小姐的客人。是渡海牧場的兒子。」

久美子小小驚呼了一聲「哎呀」，看看表。從千歲機場打電話到現在，已經過了快三個小時了。這段期間，她完全忘了博正。

「還有，和具小姐的馬和蘇特沙克的孩子也帶到那邊的柵欄了。」

衣笠對吉永達也説完便關上了門。久美子和吉永離開室內，來到陣陣狂風帶雪的黃昏曠野中。博正在柵欄那裡撫摸著黑馬的額頭。久美子只看過剛出生的小黑，所以看到渾身冬毛，卻成長得遠較心中想像的又大又壯的小黑，有點害怕，不敢走近。博正一看到吉永，連忙深深行禮。然後也對久美子行了一禮。

「對不起，我來晚了。」

「我想你去機場找不到我，一定會猜到我來了這裡，所以就自己先跑來了。我才對不起。」

「你看，才沒多久，就長大很多了吧。」

博正隔著柵欄哄著頻頻鬧著玩的小黑說。

「渡海先生啊，每星期一定有三天會從靜內過來看看這匹馬才回去。」

衣笠場長對吉永這麼說。

吉永臉上毫無笑容，看著小黑。彎腰細看四隻腳，又繞到馬的正面細看胸部。然後對博正說：「你們培育出好馬了啊。」

小黑旁邊有一匹大小差不多的栗毛馬。簡直就像聖艾斯特瑞拉直接縮小似的，是一匹美麗的二白流星小馬。

「這匹馬，當然已經有買主了吧？」

久美子一問，吉永回答：「在配種之前就已經談定了。是關西那邊的。名字也說好要取名為寶石。不管是英文、法文或俄文都好，會給牠取一個意思是寶石的好聽的名字。」

回答之後，露出別有意味的笑容，然後說：「馬廄也已經選好了，和小姐的馬一樣，是增矢馬廄。」

增矢父子的臉掠過心頭，久美子覺得很不舒服。

「只要雙方都沒有閃失，這兩匹馬遲早會在同一場比賽中較勁。」

聽到吉永這句話，久美子心想，到時候，顯然對自己有好感的增矢光秀會騎哪匹馬？偏心哪匹馬對他們才有利？不需思考，答案顯而易見。讓目前在日本賽馬界的潛在勢力吉永達也培育的馬獲勝，將來不知會為增矢馬廄帶來多少利益。

「來，摸摸看吧。我都跟小黑說過了。我告訴牠，久美子小姐是你的主人。」

在博正邀約下，久美子伸手去摸小黑的鼻子。小黑歪著頭，聞聞久美子的手心。嘴邊的鬍子扎得久美子的手心刺刺癢癢的。久美子在心裡對小黑說：我不是你的主人喔。我弟弟，現在躺在醫院病床上的一個男孩，田野誠，他才是你的主人喔——

久美子拍了好幾張小黑的照片，向吉永道謝。

「只要你到了北海道，隨時都可以到我的牧場來，不必客氣。我待在國外的時間比在國內還長，並不是隨時都會在這個牧場裡。不過……」

說著，對旁邊的衣笠下令。

「要是和具小姐來了，千萬不能失禮。」

用詞雖然和善，卻令人感到他是不著痕跡地展示自己的力量。但久美子對於眼前這位將培育賽馬發展為真正的大事業，並揚名世界賽馬界的成功人士，卻沒有絲毫厭惡之情。不僅沒有，傲慢就傲慢，倔强就倔强，那俗不可耐、充滿自信的表情和舉止，這些全都加在一起，還是讓久美子對吉永這個人的大器深感魅力。

告別了吉永的牧場，久美子搭博正的車前往機場。

「那個人啊，是日本頭一個嘗試全天放牧的人。」

博正說。

「全天放牧？」

「種馬和繁殖用母馬是沒有啦。不過，其他的馬都不進馬廄。不管白天還是晚上，都在牧場上放養。美國早在好幾年前就採用全天放牧的方法，一般認為這是美國馬強壯的原因之一，可是在日本，大家一直不敢採用這種方法。只要想到萬一不小心感冒病死了，就很怕……」

感冒就會死的馬趕快死一死算了。連一點小感冒都受不了的馬怎麼贏得了大比賽！——久美子簡直可以聽到吉永達也這麼說。

「小黑的名字取好了。」

久美子說。

「哦，叫什麼名字？」

「歐拉西翁。」

「歐拉西翁啊，很好聽啊。」

博正握著方向盤，眼睛仍直視前方。

「轉過第四彎道，歐拉西翁從第六搶到第四。進入直線跑道了。騎師的繮繩還沒有動靜。但是領先的馬腳步是不是稍微變慢了？歐拉西翁搶上來了。從東京賽馬場的直線坡道搶上來了。繮繩終於開始動了。歐拉西翁加速了。歐拉西翁加速了。」

博正模仿播報員時況轉播，連連喊著歐拉西翁、歐拉西翁。然後，問久美子：「歐拉西翁是什麼意思？」
「是西班牙文祈禱的意思。」
笑容從博正臉上消失。他將車停在路旁，以非常正經的表情直勾勾地注視著久美子。
「祈禱？」
「對，祈禱。」
「是久美子小姐取的？」
「是多田先生取的，我爸爸的祕書。買小黑的時候一起來的那個。」
「哦，是那個人……」
「怎麼了嗎？你的表情好可怕。」
「沒有，沒什麼。」
博正說，又開始開車。
之後便一言不發，久美子覺得奇怪，又問了一次：「怎麼了嗎？」
博正本來想開口說什麼，卻又改變主意不作聲了。過了一會兒，又想說什麼，然後嘴巴又閉上。

「花影還好嗎？」

「嗯。」

「今年出生的馬，有希望全部賣掉嗎？」

「不知道。」

「小黑出生那晚，佩羅不是生了八隻小狗嗎？」

「嗯。」

「全都好嗎？」

「死了兩隻，其他全都送人了。」

「你姊姊生了男生還是女生？」

「女生。」

不管說些什麼，博正的回答都冷冰冰的。

久美子漸漸心頭有氣，不高興地說：「歐拉西翁是祈禱的意思，你是有哪裡不滿意？」

把車子停進機場的停車場之後，博正才終於說了比較完整的句子。

「我很喜歡啊。太喜歡了，嚇到心情激動。歐拉西翁。祈禱。我嚇了大一跳。」

到底有什麼好驚嚇的？自己在那裡說嚇到了，別人根本聽不懂啊。博正說了等於沒說的說明反而惹得久美子更加不悅。買了機票，快步走向飛大阪的登機門。博正跟著她走，但她只作不見，把登機證交給了工作人員。身後傳來博正的聲音。

「我爸要我跟你說，下次來的時候，一定要到我家住。」

但久美子頭也不回，進了五分鐘後就要起飛的飛機。

眼前浮現一張誓約書。

父親應該會把自己的一顆腎臟給誠吧。久美子非常確定。誠因此而獲得五年或十年可以自由行動的時光，而代價是父親可能會減壽，究竟哪一個重要？久美子坐在靠窗的位子不斷思索。

想再多，久美子也無法回答。兩者都無可取代。

她決定不再去想這件事，便把心思放在對付多田的下一步。一定要作弄多田時夫，給他難看。身為女人的我鐵定會贏的——久美子這麼想。於是，吉永達也的話又在心裡響起。

小黑和聖艾斯特瑞拉的孩子，都要進增矢馬廄。

只要雙方都沒有閃失，總有一天牠們會同場競技。吉永的話中帶著自信和一股幾近嘲弄之意，彷彿在說，你的馬贏得了現正如日中天、寶石般的種馬最好的孩子嗎？就算是那個看來我遠遠無法匹敵的强大對象，我也一定要贏。久美子這樣强勢地告訴自己，同時在已起飛開始向左大大迴旋的飛機窗口，尋找小黑所在的早來分場。雖然頭有點暈，但她將額頭抵在機窗玻璃上，朝著應該是牧場的所在之地看。但是，眼底只見清一色雪白的茫茫曠野。

第四章　小木偶

一

穿著酒紅色制服的電梯小姐說六樓到了，恭恭敬敬地行禮。走出電梯，每次踏進京都賽馬場冷暖氣皆備的馬主區，多田時夫除了平日的疲倦，還被多加了憤怒這一味的獨特的不快與格格不入之感包圍。

以寥寥無幾的零用錢買馬票，輸了就吃陽春麵，但贏了就吃牛排，或者買個孩子一直想要的玩具回家吧——懷著這樣卑微的願望來到賽馬場的人，在寒風吹襲下發著抖在一般觀眾區看比賽。而且，實際上支撐賽馬活動的正是這些庶民，但馬主和其家人，卻搭著電梯，有人招呼，坐在寬敞舒適的沙發上，悠然占據了能望將賽道一覽無遺的高處，豪擲幾十萬、幾百萬買馬票也不心疼。

可是，多田對這些馬主區的有人錢之所以抱持著憤怒與不快，原因並非只有如此。他們一般為了炫富，同行的不知是妻是妾的女子，絕大多數十根手指上都戴著五、六枚戒指，處處散發高級香水味。而群聚在馬主區的，不僅是這些馬主，還有體育報的賽馬記者，寫預測小報的、戴著廣播電台和電視台實況轉播工作人員臂章的人也混雜其中。這各式各樣的人，在多田時夫眼中，個個都是不務正業的遊手好閒之徒。富有的馬主也好，或者只不過是窮上班族的記者，儘管穿著打扮不同，無一不是一臉流氓樣——多田這麼認為。在馬主區裡，有人一看就知道是黑道中人，但無論是帶著年輕祕書的富泰紳士也好，或是肌膚泛黃粗糙到讓人懷疑是否飲酒過度傷了肝的小報寫手也好，神情中總有某種相同點，而多田便稱之為「流氓」。因為他想不出別的詞來形容。頭一次陪同社長平八郎置身馬主區，看到在這裡蠢動的人群時，這個詞便毫不猶豫地從他的精神中出線，成為一個確鑿的固定概念。

一個裹著貂皮短大衣的年輕女子旁邊的位子空著，多田便在那裡坐了下來。夢幻和具參加了夏季賽後進行放牧，直接休息了整個冬天後，一月從牧場上回到了增矢馬廄，已經過一個多月紮紮實實的訓練，今天要在主場出賽。這天是星期天，不上班，但凡是自己的馬出賽的日子，只要沒有非常重要的工作，平八郎都會前往賽馬場，而且一定會要求多田同行。平常他們都是一起搭平八郎的車，但司機今井感冒發燒病倒了，又找不到代班的人，所以今天多田和平八郎說好各自搭電車或計程車前往賽馬場，在馬主區餐廳旁會合。轉播的電視螢幕上顯示了下六場比賽的賠率。

旁邊那群人正熱烈討論兩個月後的櫻花賞。當中似乎有在櫻花賞中被視為熱門馬的馬主，「贏了就包下整個祇園的茶屋。」

「一定要換騎師啦。由須崎騎的話，被關東的馬從後面一逼，就嚇得一千公尺跑出五十八、五十九秒。這樣就算你的馬再怎麼厲害，還沒到終點就會腿軟。須崎本事是不錯，但就是膽子小了點。」

諸如此類的話傳進多田耳裡。他一度離席尋找平八郎，但似乎人還沒到，便又回到原來的位子坐下，從上衣口袋裡取出一封不知已看過多少遍的信，又看了起來。

——敬啓。明知如今我沒有資格再寫這樣一封信來擾亂你的平靜，仍提筆寫信，還請見諒。你特地造訪九州寒舍之際，我冷漠以對請你及早離開，已是十九年前的往事。再如何辯解，也無法將當日之事自你心頭抹去，每思及此，便為自己的薄情寡義而心痛如絞。我是個冷血無情的女人。自己才十六歲的兒子，獨自千里迢迢從東京來看我，我卻只顧慮丈夫和孩子們的感受，那樣狠情地將你趕走。或許是上了年紀吧，這幾年，偶而想起那一天，便自責不已，但無論說得再多，都無法彌補我對你的態度，只能暗自低頭向你懺悔。這些寫再多也無濟於事，所以且讓我言歸正傳。外子工作順利，前年春天，我們賣掉了舊屋蓋了新居。兩個兒子也分別自大學畢業，我們商量著是時候該將公司交給他們，夫婦倆悠閒渡過餘生了。北九州有一塊登記在我名下的地被徵收作為新的道路用地，因此我得到了一大筆意外之財。正巧在這時候，我弟弟（島尾勇吉，對你來說是舅舅）有事來到九州，便順道來看我，告訴我你後來的消息。談話中提到，你想退掉社區公寓，擁有自己的家，但土地很貴，就算能向銀行貸款也需要一筆頭期款，而一個年輕的上班族在儲蓄那筆頭期款時地價便會不斷上漲。聽說你曾為此找他商量。我想你一定會拒絕我的提議，但能否以輕鬆的心情，就當作是向經濟不虞匱乏的老人借用，收下我這筆錢呢？寫這封信為的便是這件事。我已經向丈夫和孩子們說過，也徵求了同意。即便申請貸款，也會產生高額的利息。能不能當作十九年前的補償，不，請懷著恥笑、搶劫一個拋夫棄子投奔其他男人懷抱的壞女人的心情，收下買土地與蓋房子的資金吧。想寫的太多了，但容我就此停筆。盼君好音——

信是一週前的星期六收到的，多田為了帶養在室內的兩隻臘腸狗去散步，從三樓公寓下樓時，正好遇到郵差將一封信投入自己家的信箱。

多田看到寄件人平塚勝子的名字，當場佇立良久。要不是兩隻狗吵著想早點踩上泥土，他恐怕會一直待在那裡無法動彈。他在公園樟樹下的長椅坐下來，拆開了信，將那封以毛筆書寫的秀麗女性字跡看了一遍又一遍。為了不讓妻子澄子看到這封信，他悄悄藏在口袋裡帶到公司，收在辦公桌裡，但忽然想到若找平八郎商量不知會得到什麼建議，便帶來了京都賽馬場。但在馬主區的喧囂中重讀生母的來信，多田時夫還是改變主意，認為不應該讓社長看。他將信收好，細看顯示第六場比賽賠率的電視螢幕。「投注截止前三分鐘」的文字閃爍著。坐在旁邊的女子站起來，貂毛掃過多田的臉頰，朝投注處走去。多田不經意地看著女人的背影，心想她一定是被包養的。

女子說：「六－七和六－八。」

然後拿出一疊厚厚的萬圓鈔。

「各五十萬嗎？」

多田聽到櫃台人員這麼說。他從來沒買過馬票。因為學生時代曾經迷過小鋼珠、麻將和骰子，從中深深體會到自己毫無賭運可言。多田心中對這個隨手便花一百萬買馬票的女人產生了一絲厭惡，也因為某種確信而興起了惡作劇之心。多田到投注處，各買了一千圓女子買的那兩種連勝複式（一場賽事中，不論次序選中第一、第二）的馬票。邊將馬票塞進口袋，邊朝著回到座位的女子心中低語：「我買了，就絕對不會中。可憐啊，你那一百萬一去不回了。」

在女子旁邊坐下，看了賠率。六—七是七點八倍，六—八是八點三倍。只要賭對其中一注，女子的一百萬都會翻漲成四百萬。電視畫面上的賠率消失，出現了聚集在閘門前繞圈的馬。這場是八匹競技的比賽，鏡頭特寫了穿著紫底三道白線綵衣的騎師胯下的六號碼。那件綵衣表示那匹馬是王鞍光學社長王鞍三千男的馬。他另行成立王鞍牧場這家公司，在浦河買下占地廣大的牧場，將馬的生產事業化，從中獲利不少。他是關西財經界人士集結而成的「週三會」代表，和具平八郎也因為交際應酬不得不入會，所以每個月的某星期三都必須出席在飯店舉辦的午餐會。多田身為平八郎的祕書，需陪同至飯店，在咖啡廳等候餐會結束，因此對於王鞍三千男——雖身為大企業社長長相卻有種說不出的窮酸，嗓門卻又特別大話特別多，笑聲肆無忌憚——的形貌十分熟悉。

週三會表面上是財界人士的交誼會，但實際上是每逢選舉便為執政黨政治家籌措資金的數個組織之一。二十名會員中，每次選舉每人都有義務捐三千萬圓。但並非二十名會員人人雨露均沾，回饋只會落在少數幾人身上，而王鞍三千男便占盡了好處。證據就是，王鞍光學在前年的總選舉之後，獲利靠出口大幅成長。主要是對發展中國家的出口顯著上升。

但是，儘管一味被迫大額捐款，卻也無法退會。一方面既不知何時會爆發需要掌權者庇護的事，再者維持目前政治體制的安定，也與自身事業的安定直接相關。乍看之下是浪擲千金，但也許哪一天會成為一線生機。和具工業也是考慮至此，無法脫離週三會。

多田時夫感覺自己的手背與女子的貂毛緊密貼合，眼睛望著電視。心想，她可能是王鞍三千男的女人。一這麼想，便偷看女子的側臉。論長相，她說不上是多出色的美人，但雙眼炯炯有神，一副好勝的樣子。穿著打扮和化妝風格，再低調也還是公關業那一套。閘門開了，比賽開始。

「唷。」

有人叫了一聲，拍了他的肩。佐木多加志站在那裡，照舊是一張黯淡無光的臉。

「看得那麼認真。你買嗎了？」佐木說。

「用我微不足道的零用錢買了六—七和六—八。」

多田故意説得讓女子聽見。他感到女子瞄了自己一眼。

「可是，我這輩子賭博從來沒贏過。」

這句話也刻意讓女子聽到。佐木盯著體育報低聲說：「六號很硬喔。」

八匹馬已經繞過第四彎道進入直線跑道了。

「是三—六。」

佐木得意地笑了。

「還不確定吧。」

「都領先這麼多了，再怎麼爛的馬也不會被追上啦。保證是三—六。」

佐木說的沒錯，六號與七號雖然都追上來，但不被看好的三號馬明顯領先一個馬頭衝過終點，緊接著是六號碼。佐木約多田去吃中飯。

「我跟社長約好在這裡碰面。」

「和具老闆剛才在馴馬師區那裡和增矢那個大叔談得起勁。有什麼關係，讓他等個一頓飯的時間也不要緊吧。」

餐廳就在馬主區的大廳裡，平八郎一來應該就可看見，所以多田跟著佐木走。一回頭，女子臉上不見失望的神情，從手提包裡取出香菸盒，銜起菸拿打火機點了火。兩人在餐廳坐下來，佐木點了啤酒和豬排飯。多田也點了一樣的東西，偷偷指了指女子。

「那女的，六—七和六—八各買了五十萬。我想掃她的興，就買了同樣的馬票。果然沒中。」

「幹嘛擋人財路。你就是個死神啊。我求你，千萬別買我買的馬票。」

「她是王鞍三千男的女人嗎？」

「怎麼說？」

「就是有這種感覺。」

「因為她選了王鞍那傢伙的馬嗎？」

「各五十萬吔。」

「這裡多的是讓人懷疑到底是從哪裡生出那麼多錢來的人。她是木戶物產會長的女人啦，不是王鞍的。」

佐木說著豎起了小指頭。他的口吻有種替女子辯護的味道。

「木戶物產的會長已經八十幾了吔。她幾歲啊？」

「二十七。」

「你答得還真快。可疑喔。」

多田一取笑，佐木就說：「我好像落枕了。脖子的筋好痛，頭沒辦法向右轉。」邊說邊揉捏頸根。

多田和佐木多加志是大學同窗。多田是經濟學院的，佐木是文學院，而且專攻東洋哲學，但因為碰巧住得很近，通車時經常同車，不知不覺便聊起天，漸漸地成為大學時代最親密的朋友。

大學一畢業，佐木就到報社當記者。被分發到社會部，待了兩年地方分社，後來調到大阪總社，但不久又被派到同一報系的體育報，負責賽馬。多田完全不知道佐木為什麼會從總社突然被派去當體育報記者，因為每次問起，佐木都是冷冷一笑，默不作聲。

出社會後，兩人的來往就中斷了，但八年前，多田從東京分社轉調大阪總社的祕書室，不久成為社長祕書，經常與和具平八郎一起行動，在京都賽馬場的馬主區，與以體育報賽馬記者的身分前來採訪的佐木重逢。學生時代，佐木的細膩與野性巧妙融合，以極度專情卻又爽朗無憂的表情，時而笑，時而怒，時而憂鬱沉思。但在馬主區的熱氣中重逢時，佐木在學生時代凡是能稱為精氣的東西全部消失殆盡，看起來活像站在一層煙霧之後。心靈也好，與心靈合為一體的肉體也好，都化為一個沒有明確輪廓的人。重逢至今的這幾年，多田每次在賽馬場上遇見佐木，都覺得他在那層煙霧後愈退愈遠。

「喂，你也該結婚了吧。都三十五了還不成家，一定是哪裡有問題。」

多田拿紙巾擦了嘴，點起菸之後這麼說。

「就是因為有問題，所以到了三十五還是王老五啊。」

佐木回答，然後打開自家的體育報。

「我給夢幻和具打了兩個圈喔。無論看哪家的預測，打兩個圈的就只有我。那女的應該會再買我打了兩個圈的，你這次可別礙人家的事。」

「木戶物產會長的女人，為什麼會花大錢賭你打的兩個圈？」

「一天之中會有兩、三場比賽，會出現一匹絕對穩贏不輸的馬。今天剛才那第六場和主場就是。第六場要不是你買了馬票，穩贏的。夢幻在這裡等級不同。牠是已經在這一級晉級的馬，星期四我看過牠的賽前最後調整，準備萬全了。距離又是兩千公尺，牠不是那種非得搶到最前面不可的馬。雖然好一陣子沒跑了，但體力應該是夠的。牠不會跑到第二之外。增矢那個蠢兒子鼻孔噴氣，笑說沒給夢幻打圈的預測員是大外行。他是個直性子，肚子裡藏不住東西，不小心就說出真心話了。」

「我不是在問你夢幻和具的事。我是在問你，為什麼那個女的會花大錢買你的兩個圈。」

這句話讓佐木注視了多田的雙眼片刻，終於說：「早上，我在電話裡告訴她的。說第幾場的哪匹馬最有冠軍相。第二就讓她自己想。我的預測雖然也有失準的時候，但都不會讓她賠錢。」

然後，佐木把身子探過來，開始大談馬票。

「就算知道哪匹會贏，卻不知道哪匹會跑第二。哪匹都有可能會衝過來，有時候覺得根本沾不上邊的馬竟然就出線了。所以，你看看地上那些沒中的馬票，買的幾乎都是第一第三、第一第四、第二第四的組合。要是買的馬吊車尾，也能乾脆死心，但最神奇的就是這種中一個的。連自己都會感嘆說，奇怪，怎麼獨獨沒買到第一第二這個組合呢。要是連個兩、三次都這樣，最好暫時別碰馬票。可是就是辦不到。想著這次一定會中、這次一定會中，不斷買下去。這麼一來，就身陷地獄了。泥沼式的那種，陷進去就出不來的。不會再去想賺錢這回事，反而想著可以多少回本就好，結果愈賠愈多。一旦開始想回本這件事就完蛋了。這時無論再怎麼拚就是會輸。骰子和紙牌也一樣，凡是賭博都這樣。那種讓人不寒而慄的輸法都像是魔鬼附身。完全是人生的寫照啊。」

「既然如此，買一定會中的那匹馬的單勝或複勝[1]不就好了？」

「會這麼想對不對？可是，等你買了單勝，牠就會差一鼻子變第二，買了複勝就變第四。簡直是魔鬼在操縱馬，躲起來偷笑。」

說完，佐木把杯裡剩下的啤酒喝完，在多田耳邊說：「你家社長來了。」站起來，走出餐廳。

多田的視線跟著佐木的身影走。佐木對那個穿著貂皮短大衣的女子看也不看，便往記者區那邊消失了。女子也是一眼也沒看從自己身邊走過的佐木。平八郎站在大廳，叼著沒點火的香菸，環顧四周。多田付了帳，走到平八郎身邊。平八郎一看到多田，便問他吃飯了沒。一回答剛吃過，平八郎便要多田一起到馬主的觀眾席，坐在椅子上，拿大大的雙筒望遠鏡看了草地跑道，然後說：「宣布是說良馬場2，但鐘好像慢了兩秒啊。」

對賽馬一竅不通的多田好歹也知道這是對夢幻和具有利的馬場狀況。

「剛才我朋友說，夢幻絕對不會跑出第二名之外。」

「你朋友是那個姓佐木還是什麼的賽馬記者？」

「是的。」

「增矢也說會贏。不過呢，賽馬嘛，不跑都不知道的。」

「您去年買了渡海先生的馬，今年也打算買小馬嗎？」

結果平八郎立刻回答：「不買。就算增矢找到再好的小馬都不買。」

平八郎自此沒再發話，將雙筒望眼鏡放在膝頭，看著賽馬場正中央發出潺潺水聲的水池。池裡有幾隻天鵝排成一列，由右至左而行。有件事多田一直很想問，都已經到嘴邊了，又遲疑了兩、三次，但結果還是對平八郎開口。

「馬是夢想。社長平常總是這麼說，您真的是打從心裡這麼想的嗎？」

平八郎望著池面問道：「怎麼這麼問？」

「我看那些坐在馬主席的人，他們的神情實在不像追夢的人。臉上全寫著馬是投機、馬是錢。手裡握著兩百圓的馬票，在下面冷得要死的看台發抖的人，應該也是為了賺錢才來的。我實在很難相信買馬是買夢想。」

平八郎眼睛仍注視著眼前水池。

「你有夢想嗎?」

被這麼一問，多田一時說不出話來。多田思考了自己有什麼樣的夢想。不必奢侈但常保安康的生活。有一幢房子，裡面有一間能夠讓自己看看書、靜靜沉思的書房。將來在公司裡擁有重要的地位。答應妻子上了年紀退休之後，兩個人到歐洲漫遊。可是這些都不是「夢想」，並沒有令人怦然心動的宏大與純粹能驅策自己。

多田想起自己小學時，曾經懷抱著成為職棒選手的夢。然後又想起中學時，從父親口中得知母親並沒有死，而是和別的男人結了婚住在九州。他經常做夢，夢到只在照片裡見過的母親，一副歷經長途旅行返家的模樣，笑著說「我回來了」打開大門，和大包小包的禮物一起進門的場景。多愚蠢的幻想啊——多田回想起當時的自己，與身旁的平八郎一樣望著橢圓型的池塘。

平八郎雖問了問題，但對於多田完全沒有回答似乎並不在意。多田感覺得出他的心思在別的事情上。司閘員揮舞著紅色小旗，號角響起。第七場比賽開始入閘，冷雖冷卻暗示著春天即將來到的陽光，將色彩繽紛的綵衣和馬匹的栗色、棗色、黑色的毛照得耀眼生輝。場內廣播在看台迴響，幾個馬主提高音量大喊著。

「拖拖拉拉搞什麼。不快點騎出去，會被馬群包圍啊。」

「松川先生的馬真有一套。可惡，就是敗在牠身上。」

多田身後出現了這樣的交談。其中，「上啊！」「好極了！」等等不知是叫聲還是怒罵的呼喝聲此起彼落。所有的聲響在一瞬間，為跑在眼前草地上的馬兒身上的光澤帶來不可思議的冰冷與靜謐。唯有那裡沒有聲響也沒有熱度，只見無數色彩穿流而過的空洞世界。

多田不明白這色彩繽紛的空洞世界究竟是什麼。在這裡燃燒自己的人不可能不會累才對。體內最重要的精氣在不知不覺間被這片草地、這些馬與燦爛奪目的綵衣混合而成的奇妙寂靜給吸走。佐木經常掛在嘴上的魔鬼附身這個說法，化為某種確切的感受在多田腦海裡浮現。這廣大的草地，代表馬主的綵衣毫無品味的顏色與圖案，以及難以言喻的美麗生物。這些合為一體時，便製造出如假包換的地獄。這裡是地獄。以美麗裝飾的地獄。哪裡有夢想可言？

多田心中嘀咕著，朝結束了比賽的精巧生物一一消失在馬專用道時那汗濕的柔順背影看。他很想念靜內那座小小的渡海牧場。想念自己命名為歐拉西翁的小黑馬，以及將臉湊近那雙好動的耳朵、宛如對待人類小朋友般與牠說話的渡海博正。想念夜裡吹過牧場的風與清涼的空氣。一直保持沉默的平八郎，突然轉頭對多田說：「我打算不再碰馬了。」

多田什麼都沒說，看著平八郎。

「今年春天的比賽結束之後，我就要讓夢幻和具退休。牠是匹耐跑的馬，又很強壯，增矢好像打算讓牠跑到明年夏天，但我已經決定了。和第一和具一樣，我要把牠捐給疼愛馬兒的大學馬術部，讓牠在那裡安享餘生。」

「那您對歐拉西翁有什麼打算？」

「那是久美子的馬。」

多田本來想問為什麼您又有這種心情，但打消念頭。因為他能想見，決定不再碰馬的背後，平八郎心中一定有了悲壯的領悟。奇蹟是不會發生的。而多田自認為了解平八郎這個人。他不是那個說「就算等到只剩換腎這個辦法的時候，我對誠還是不會有任何愛情」的人。多田這麼認為。此時好幾個相識的馬主出聲招呼，平八郎站了起來。

「我去餐廳喝個啤酒。」

留下這句話，便走入大廳的人群中。平八郎的背影強而有力。多田心想，社長已經在為將來鋪路了。多田的視線遲遲無法離開平八郎的背影。多田在相隔許久之後，真的是非常久之後，又想要孩子了。可是，自己的肉體也不會發生奇蹟。他想起看過無數次照片，但實際上卻只見過一次的母親勝子的臉。

十九年前的夏天，他拿在印刷工廠打工存的錢，從東京車站搭上了前往大阪的普通車。然後在大阪換前往博多的火車。身上只帶了一張寫著向舅舅勇吉問到的住址的紙、回程的旅費，以及一點點吃飯的錢。走出博多車站收票口的時候，十六歲的多田突然好想回家，在車站的長椅上坐了將近三十分鐘。對於離婚的原因，父親只向他解釋：「因為個性不和，當然也還有很多複雜的問題。」

就算追問複雜的問題是什麼問題，父親就是不肯多說。離婚發生在多田三歲時，所以別說母親的味道了，他連母親的長相都完全沒有印象。父親後來沒有再婚，單身了二十七年，在多田三十歲時去世。

三歲的多田，是祖母代替母親養育成人的，但這個祖母也在他大學兩年級的時候死了。多田就是在這個時候得知父母離婚真正的原因。是祖母臨死之前告訴他的。要是他知道母親還在世時，父親肯將離婚的原因據實以告，那麼他絕對不會有那次九州之行——多田至今仍偶爾會因此而悶悶不樂。可是，憑著一股一心想見母親的激情，瞞著父親打工存旅費，換了好幾趟車總算抵達博多車站的那一瞬間，難以克制的興奮與不安向多田時夫襲來，令他一度站在售票口前排隊想買票直接回家。但溫柔擁抱自己的母親的笑容，宛如盛夏酷暑中的一陣涼風般在心中吹起，令他神往，也給了他勇氣。

多田向車站旁的警察局問了路，搭了市內電車。超乎預期地，輕易便找到了平塚這個門牌。小小的門後開著向日葵。不知為何，向日葵那粗得異常的莖至今仍動不動就清晰地在他心中閃過，而不是相對的那一瞬間母親不見絲毫喜悅的錯愕神情。

勝子鐵青著臉將自己的親生兒子帶到客廳。廊簷掛著竹簾，風鈴時不時輕聲作響。

「我們已經不是母子了。」

這是勝子開口第一句話。光是這句話，就讓十六歲的多田眼中泛淚。

「你自作主張跑來，也只會造成我的困擾。」

「是。」

他使盡了力氣，回答了這一聲之後站起來。一個小學生年紀的男孩從二樓下來，問勝子：「這個人是誰？」

「是媽媽的朋友的兒子。」

多田背對著聽著這句話，小跑步到門口穿鞋。他應該是和來時一樣搭市內電車回到博多車站的，但記憶中卻獨獨少了這一部分。自己是哭著坐在市內電車上的嗎？還是氣得全身發抖，握緊吊環站著呢？多田坐在馬主專用的看台一角，再次從上衣的內口袋裡取出信，看了最後「想寫的事很多」的那一段。現在的多田，看得出這句話，其實意味著十九年前的那一天，勝子也有很多話想說，但實際上，母親對自己只說了兩句話，而且那兩句話簡略又殘酷得令人沒來由地感到害怕。「我們已經不是母子了」、「你自作主張跑來，也只會造成我的困擾」。

他忽然發現，不知何時返回的平八郎就坐在他旁邊，視線落在他手裡的信上。多田連忙把信收進口袋。

「喂，你這樣不是反而令人好奇嗎？偷偷看一封被人發現就急著藏起來的信。」平八郎微笑著說。「女人是很可怕的喔。事後會讓你吃不完兜著走。」

「不是那種信啦。」

「是不是，看了就知道。」

平八郎伸出手掌。看多田猶豫著不知如何是好，平八郎放聲笑了。

「開玩笑的。我才不會干涉員工的隱私。」

說完，收回伸出來的手。多田想起面試時填的履歷表。上面也寫了自己的父母離婚。平八郎是社長，當然看過員工的履歷吧。所以多田認為平八郎應該知道自己有個不在身邊的母親。

「是我的親生母親。她在九州。我三歲時和家父分開了。您應該知道吧？」

「我知道你父母離婚了。」

「因為我寫在履歷上了。我母親馬上就再婚生了兩個孩子。」

說完，多田將信放在平八郎膝頭。平八郎取出眼鏡看了。看完之後還給多田，摘下眼鏡，拿雙筒望遠鏡注視著進入賽馬場的馬，邊說了。

「她說要給，你就收啊。」

「我想要是讓內人看了，她一定也會這麼說。」

「你沒把那封信給你老婆看？」

「是，因為她一定會單純地感到開心，催我趕快回信。」

「那你就單純地說聲謝謝，把錢收下不就好了？信裡也寫了，她希望你這麼做。」

「我不能這麼做。」

平八郎的眼睛離開的望遠鏡，轉頭面向多田。這次，他沒有笑。

「母親的肉是孩子的肉，孩子的骨頭是母親的骨頭。這是你告訴我的。很有深意的一句話。我自己不知道把這句話念過多少遍……」

「我出生不久，父親就罹患了肺結核。當時的肺結核是不治之症。父親住進療養院的那段期間，母親有了男人。據說是個大手筆經營鐵工廠的人，而且單身。後來祖母發現了，質問母親。事情總不能瞞著父親，所以祖母便在療養院的會客室把這件事告訴了父親。一聽完，父親就說要離婚。母親答應後和男人到九州去了。據說她想帶我走，但祖母不許。祖母放話說，她會把孩子養大成人。我念大學的時候，祖母才把這一切告訴了我。」

沉默了一陣子，多田看著直挺直了背脊騎在灰毛引導馬上的那個男人鮮紅色的夾克，終於對平八郎問道。

「所謂的母親，會如此輕易地拋下自己的孩子嗎？對心愛的男人的感情，比對孩子的母愛還要强烈嗎？」

「這要看那時候她心裡怎麼想了。雖然只是片刻的想法，但不僅僅會改變自己的人生，也會改變別人的人生，影響力之大，是超乎想像的。」

以這種説法回答了多田的問題之後，平八郎朝著在草地上任意散開的馬匹，指著其中一匹。

「那匹六號馬，是一個在神戶開雞肉串燒店的和田老闆的。他的店不是很大，但烤的雞肉很好吃，還有客人特地從京都和和歌山專程來吃。他非常愛馬，無論如何都想要擁有自己的馬，所以我就當他的推薦人，讓他當上馬主。可是，他沒有錢買要價幾千萬的馬。當他在找有沒有他買得起但也值得期待的馬的時候，我聽説有一匹賣不掉的馬，血統很好，可是在小馬的時候被別的小馬踢傷了臉，差點死掉。那次傷勢很嚴重，沒死都令人嘖嘖稱奇，我也去馬廄看過了，臉是歪的，所以沒有人願意買。牧場也不知該如何處置，所以就依和田出的價賣給他了。可是，因為是這樣一匹馬，所以到了三歲，還沒有馬廄肯收牠。於是我就透過增矢，拜託一名剛取得資格的年輕馴馬師，好不容易找到了馬廄。這是去年三月的事。可是呢，秋天的新馬賽牠以遙遙領先之姿獲勝，接下來的特別賽也輕而易舉就拔得頭籌。一月的錦標賽也贏了，出道以來三戰三勝啊。這下連德比的出賽權也拿下來了。而且更有意思的是……」

平八郎說到這裡停下來，將望遠鏡交給多田，要他看，然後繼續說下去。

「因為訓練牠的是新馬廄，當紅的騎師不肯騎他們的馬，更何況是那樣的馬。沒辦法，只好讓一個姓奈良的騎師來騎。這個奈從入行到見習完花了好幾年，不怎麼起眼。新馬賽會贏，靠的不是騎師的本事，而是馬的力量。但是，在下一場特別賽中，奈良開竅了。」

「開竅是指？」

「懂得比賽獲勝的竅門了。在那之前，他只懂得用笨方法騎馬，但現在就算騎別的馬，就算沒跑第一，也能夠發揮那匹馬的實力。今年，騎了不被看好的馬，出了兩次萬馬票的，就是奈良。上次我在檢量室遇見他，笑他說你是吃錯了什麼藥，結果他搔著頭說是運氣好。」

多田拿望遠鏡對準了那匹據說臉是歪的、別著六號號碼牌的四歲棗色馬，以及騎在馬背上的騎師的臉。

「那匹馬叫什麼名字？」

「米拉克博德。Miracle Bird，奇蹟之鳥啊。」

兩人放聲笑了。

「叫奇蹟串燒豈不是更貼切。」

多田這麼說。

「我也是這麼對和田說的，結果他笑著說，他不知道串燒的英文怎麼說。」

然後，平八郎神色嚴正地繼續說：「奈良將來會是個好騎師。他說他是運氣好，但他從馬身上學會了怎麼控韁。他從那匹沒有人要買的米拉克博德身上，學會了哪裡該催，哪裡該讓馬喘息，從判斷配速到全力追趕的時機都學會了。」

多田忽然想起一件事，離席了。他穿過大廳，往記者席看。佐木多加志雙臂環胸，閉著眼睛坐在最靠邊的位子。多田搖搖佐木的肩。佐木無力的雙眼抬起來看多田。

「那匹米拉克博德，今天不會中嗎？」

佐木雙目失神地望著多田，站起來朝大廳走去。然後回頭得意地笑了。

「牠贏定了。」

「那你怎麼沒給牠打兩個圈？」

「不用我來打，別人都會打。所以我就給最可能跑第二的打了兩個圈。」

「你剛才跟我說只有第六場和主場是穩贏的。」

「告訴你我又賺不到一毛錢。」

「意思是你都告訴那女的了嗎？告訴她穩贏的馬，然後向她收錢。」

佐木朝大廳的地毯淡淡一笑。

「這是企業機祕。」

「看樣子，你是愛上有錢人的小老婆了。」

「才不是這麼一回事。」

「那，就是要她用身體來抵銷了。」

多田雖然這麼說，但並不是當真這麼想，但從佐木朝自己瞪過來的眼神，發現自己說的並沒有錯。多田對自己最要好的朋友耳語。

「你到底是怎麼了？」

「沒怎麼啊。我不是愛上有錢人的小老婆，是我愛上的女人變成了有錢人的小老婆……」

馬主區的大廳人多起來了，來來往往的人，經過時都會撞到佇立在通道正中央的多田和佐木。多田朝一直坐在同一個地方注視著電視螢幕的女子側臉看，邀佐木說：「她旁邊有兩個空位。去那邊坐吧？」

佐木默默地跟著他過去。即使坐在一起，佐木和女子也裝作互不相識。

「我很了解你這傢伙。頭腦好，又老實。一定很受社長信賴吧。要是沒出什麼大紕漏，將來就是個出人頭地的上班族。你口風緊，沒有什麼弱點，也不會放水。可是，你心裡就是有個冷血得令人不寒而慄的地方。你的本質是很冷漠的。以前，枝里子跟我說過。她說，我給時夫取了一個綽號。我問她是什麼綽號，她說，叫小木偶。」

佐木口中出現枝里子這三個字，多田有些吃驚，看著他一點紅潤都沒有的側臉。

「小木偶？」

「對，小木偶。就是童話裡的那個小木偶。我說，根本一點都不像，結果你知道枝里子怎麼回答？」

多田瞇起被香菸的煙薰到的眼睛，等佐木繼續說下去。佐木頓了一頓，才說：「她說，他不是人，是木頭。」

多田想說話，佐木制止他，翻開預測報，低聲說：「好，跑吧！」

奈良這個騎師所騎的米拉克博德起步比任何一匹馬都快，最初的兩百公尺領先，但在四百公尺前，被外面合圍的兩匹馬搶先，一直到第四彎道都屈居第三。奈良的手完全沒動。

「才比過三場而已，就自己比賽了。好一匹了不起的馬啊。」

佐木在多田耳邊這麼說。在距離終點還有兩百公尺的地方，奈良回頭看後方，確定後面追上來的馬的腳程，揮了一鞭。然後握著韁繩的手推了馬脖子。米拉克博德驚險閃過內欄杆，一下子便超越了兩匹馬。被超越的兩匹馬都無法再加速了。多田找了一下佐木打了兩個圈的一號馬。牠正和八號馬並肩從外側搶上來。電子布告欄上顯示第二名與第三名必須以照片判定，但這是為了確認，任誰都看得出一號馬顯然是第二個跑過終點的。女子抽著菸，抽完便到領采金窗口前排隊。

「一—六賠率大概多少？」

「三倍多快四倍吧。」

佐木回答了多田的問題，這回腳步匆匆地回到記者席。然後又馬上回到多田這邊。

「奈良今天比完這場就結束了。我和他約好要去打麻將。你能不能加入？約好的其中一個錢全賠光了，沒錢。現在賭氣說要回去了。」

多田對這個邀約不感興趣。他已經很久不碰麻將了，賽馬記者和騎師和自己根本是不同世界的人，而且和連話都沒說過的人同桌打麻將，也沒有樂趣可言。再加上，他曾聽說騎師打麻將一台的金額都很高，便說：「你也知道我沒有賭博的天分啊。我是可以陪你們玩，可是我的薪水可沒有高到讓我玩很大。多謝你找我，但不了。」

但佐木解釋，奈良最近才剛學會打麻將，一台的金額很小，好玩而已。

「和騎師打麻將也是你的分內工作嗎？」

如果是的話，要是實在湊不到人，多田倒是願意作陪。因為聽佐木提到枝里子的名字，莫名懷念起學生時代自甘墮落的自己，不想就這樣和佐木道別。

「有時候是工作，但跟奈良倒不是。」

多田沒有問為什麼跟奈良就不是。他要佐木稍等一下，回到人在馬主看台的平八郎那裡。

「佐木找我去打麻將。同桌的有他的同事，和剛才社長提到的騎師奈良。」

「去吧。」

平八郎這麼說，從皮夾裡取出十張萬圓鈔，放進多田上衣的口袋。

「不需要這麼多。我問他們打多大，好像跟公司裡的人玩的差不多。就算大敗虧輸，我也還付得起。」

他想還錢，平八郎卻不收。

「你自從當了我的祕書，連難得的假日都得陪我。拿這個討你太太歡心吧。」

平八郎微微一笑，看了看表，苦笑著說：「久美子應該快到了。她要我陪她去聽一個我聽都沒聽過的外國人的鋼琴演奏會，我正頭痛呢。」

多田心裡，想起去年九月底，在中央飯店咖啡廳一會至今未再碰面的久美子，那分不出究竟是對自己有好感，還是小女孩興之所至的誘人媚態。與其和素不相識的人湊桌打麻將，他對四個月不見的久美子會以什麼方式與自己接觸更加期待也更感興趣。

「用不著陪我看完主場比賽。他們在等你吧。」

在平八郎催促下，他行了一禮，回到佐木所在的大廳。儘管心中百般不捨，仍說：「好吧，就半將，兩、三圈喔。」

說完便先行走到電梯前。佐木朝一個看似後進、才二十三、四歲的青年肩上一拍，介紹道：「我們今年才進來的新人，大門龍造。」

「這名字很像俠客吧！不過大家都叫他『小朋友』。雖然被迫來負責賽馬，不過在他那方面可是個知名的達人喔。」

「哦，哪方面？」

「集郵。在收集日本郵票方面，他可是個了不起的專家。」

「沒有那麼誇張啦。而且我最近比較少集日本的郵票，把重點放在收集和船有關的郵票。」

大門抓抓長髮，害羞地笑了。他身上沒有憤世嫉俗之感，是個有著一雙清澈雙眼的青年。多田心想，這個現在被稱為小朋友的純樸青年，將來遲早也會拿馬票代替郵票，漸漸變成流氓吧。

「上次才被主編釘。主編罵我說，會收集船的郵票，怎麼不去收集馬的郵票。我本來想說收集什麼郵票是我的自由，怕下場很慘才沒說。」

「很快就會叫你去收集中獎馬票的。」

佐木這麼說的時候，電梯門開了。一群十多個男女走出來。他們三人來到一般俗稱為看貫場的檢量室前。佐木指指體重計和工作人員坐位後面。

「那裡就是審議室。增矢那笨蛋，剛才的騎法很險，一定會被叫進去訓一頓。」

「騎法很險是什麼騎法？」

「因為沒時間從外側走了，就硬從裡面走。所以五號馬才會放慢。再怎麼辯解，都一樣會被當作斜行。大概要被罰錢了。」

「增矢先生的兒子常做這種事嗎？」

「有好幾個騎師放話說要宰了他呢。大家都說，他的騎術還不如他騎女人的技術。」

拍完紀念照的米拉克博德由廄務員牽回來了。一個看似馬主的男人，紅光滿面地跑到馬身旁。

「恭禧恭禧。一場都沒輸的四連勝呢！下次就是皐月賞了。」

佐木對和田這麼說。

「謝謝，謝謝。」

和田拿手帕擦了額上的汗，深深行禮。

「皐月賞之前只怕還得再比一場。賽程很難決定吧。」

「哪裡，皐月賞那樣的大比賽，我還不敢想哪。全都交給老師決定。」

下了馬的奈良與廄務員握手，溫柔地拍拍米拉克博德的脖子，走進檢量室，脱下綵衣，在洗臉台洗了臉。檢量室裡，有幾個脱下綵衣的騎師正談笑著。也有騎師獨自望著洗臉台的鏡子，若有所思。也有騎師抽著菸，在同一個地方煩躁地來回走動。因為是騎師，當然都很瘦小，但他們絕大多數臉上都有一種病態，多田看著深覺不可思議。無論長相如何，他們都一樣秀氣。就一群生活在優勝劣敗的競爭世界裡的人，感覺不出他們的鋭氣。而且他們還有一個共通點，就是他們在秀氣的同時，也散發出樸拙的氣質。

多田把自己的感覺告訴佐木。結果佐木目送著被廄務員牽著走向地下道的米拉克博德，給了非常具有他個人風格的回答。

「那當然了，他們都是被無菌隔離養大的啊。幾乎每個人都是中學一畢業就進了騎師學校。菸酒絕對不准碰，從小就被教說要是在出師前就嘗到燈紅酒綠的滋味就完蛋。他們成長的過程只知道馬。看得到碰得到的都是馬、馬、馬。在完全接觸不到現實世界的狀況下長大成人之後，接下來的世界才真正是馬、馬、馬。長相怎麼可能和普通人一樣？他們的成長過程跟正常人又不一樣。」

多田覺得佐木的分析的確言之成理。然而，這些騎師們蘊釀出來的一種獨特的風情不知為何令人著迷。就算少年時期是無菌隔離，一旦長大成人，他們終究還是聲色菸酒樣樣不缺吧。但是，正因他們與世隔離地渡過最容易被污染的時代，才使得他們有時顯得病態，有時顯得純粹至極，有時讓他們在勝負的關鍵時刻變身為壞蛋、騙徒。這些都是自己沒有的。自己隨時都只能是一個符合常識的人，絕對無法衷情於一件事，就只擅長扮演好人。枝里子背對著他脫下襯衣的身影在他腦海中一閃而過。

小木偶是嗎——他露出自嘲的笑容，喃喃地說。不是人，是木頭，是嗎。說得真好。枝里子說的一點也沒錯。我不是人，是木頭。心中又出現了在烈日當空的庭院裡盛開的向日葵。多田從口袋裡拿出那封信，撕碎後丟進垃圾筒。

二

真的就像佐木說的，奈良剛學打麻將，每次抽牌就皺眉，注視著豎立在自己面前的十三個記號。

「不好意思，請等我一下。」

每次，這個頭髮理得短短的、最近終於有愈來愈多人請他出賽的二十六歲騎師，都過意不去地向其他三人道歉。

「就是這樣。所以打完半將，最快也要三個鐘頭吧。」

佐木對多田笑著說。京都河原町筋再向北一點，有一家規模雖小，但氣氛沉靜的麻將莊，多田坐著奈良開的車，被帶到這裡。多田對聽牌的大門說：「不如你幫他看看吧？」

大門探頭看奈良的牌。

「你就慢慢想吧。」

佐木說完站起來，走到公共電話那裡，播了號碼盤。

大門教奈良：「出這張牌你就聽牌了。」

「哦，這樣啊。」

奈良正要丟牌，但大門又一臉困惑地加以制止，對多田說：「可是，要是他丟這張，我就胡了。就覺得會這樣，所以我才不想看的。」

「那就不能丟了。」

多田這麼說，奈良望著他的微笑，說：「不，沒關係。這也是沒辦法的事。」

然後沒有把牌丟出來，而是直接拿給大門。

「可是，我總不能說聲謝謝就胡牌啊。」

大門抓著長髮，奈良則是抓著他的短髮，彼此對望。多田覺得他們兩個的樣子實在好笑，便笑了。佐木回來了。

「夢幻跑第三。被馬群包圍，雖然設法脫困到，但已經來不及了。增矢那個白痴兒子上次靠搶內側贏了兩次，就想一招走天下，給我搞這種飛機。」

佐木是真的生氣了。多田心想，夢幻和具沒有拿到第二，就代表那女人也虧了一大票。她第六場也輸了，所以是贏一場輸二場了。整個算下來輸了不少。佐田彷彿看穿了多田的心思，一坐下就說：「都是你，買什麼馬票，不然第六場六—七穩贏的。你這傢伙真是討人厭。幹嘛破壞我的好事。」

說完，豎起他原本蓋起的牌。

「又不見得是因為我買了就輸了。」

「不，絕對是因為你買了才輸的。世界上就是有這種神奇的人。這種人叫做死神，就是你。學生時代，我不知道因為你吃了多少虧。本來小鋼珠一直嘩啦嘩啦啦出個不停，你一進小鋼珠店，往我旁邊一站，就立馬停了。」

「那是巧合啦。」

「連續十次還叫巧合嗎！」

佐木脫掉穿在圓領毛衣上的燈芯絨外套，身子朝多田探過來。

「不光是小鋼珠而已。骰子也一樣。我正在喝我的調酒，跟小酒館的老闆賭酒錢的時候，你臭著一張臉給我走進店裡。五個骰子裡只要有任何一個擲出一或五我就贏了。怎麼可能擲不出來。可是結果竟然每一個都擲出一和五以外的數字。嚇得我頭皮都發麻了我。」

佐木難得說得像連珠砲發一般。然後朝大門和奈良看。

「你們在幹嘛？」

大門解釋了一下。

「那就胡啊！」

「是跳滿欸。」

「沒關係啦。不付學費，是學不精的。」

佐木粗魯地推倒堆好的牌，洗起牌來。

「你上次在我面前這麼直接地發洩情緒是多少年前的事了啊。可見得一定有什麼非同小可的原因。」

「你少多嘴。」

「要是我是死神，你就是影子。沒有實體的影子。看著你，我都覺得你不是人，好像是個模糊的影子。」

「我是影子，你是木頭嗎。所以我們都不是人了。」

佐木以挑釁的眼神注視多田，本來在排麻將牌的手停了下來。

「怎麼了？我看不出你們是真的在吵架還是在鬥嘴，可是氣氛好差啊。」大門看了看兩個人的臉這麼說。

多田笑回：「是在鬥嘴啦。」

但發現佐木抽牌的手微微顫抖，多田心想，女人花的鈔票也許不是小老婆不痛不養的零用錢，可能和血一樣貴重。然後他心中產生預感，懷疑這場危險的賭博，佐木也涉入很深。這傢伙該不會是要他愛的女人去當有錢人的小老婆吧？——他有這種感覺。

好不容易打完兩圈結束了半將，時鐘的指針也超過九點了。奈良付了錢給三個人，也自己付了麻將莊的費用，說：「謝謝幾位陪我玩，請讓我作東吃個飯。」

走出麻將莊，四人在夜晚的河原町筋上往祇園方向走。奈良的身高只到多田的肩。兩人並肩走著，奈良主動對多田說：「我曾經騎過一次和具先生的馬。那時候我還是見習。」

「哦，這樣啊。」

「難得有這樣的機會，卻跑了十一名。而且，比賽完馬就得了球節炎，半年都不能上場，真的很對不起。」

「可是，今天我們社長還誇獎奈良先生喔，說你將來一定是個好騎師。你一定要騎米拉克博德贏得經典賽，我會替你加油的。」

「賽馬啊，不真的上場是不知道的。關東有實力的馬很多，要贏不是那麼簡單。馬也會有不想跑的日子……」

奈良以手背擦擦圓圓的鼻子，然後視線落在地面，問：

「有時候會在看貫場看到和具先生和小姐。年紀多大呀？」

「社長嗎？還是久美子小姐？」

「小姐。」

多田發現奈良裝作若無其事的樣子，便回答：「十九歲。是個大美人吧？」

多田對懷才不遇多年終於開始嶄露頭角的騎師頗有好感。他的長相雖然不英俊，卻顯得十分善良。

「就是這裡。這裡的肉很好吃。」

奈良在一家牛排館前停住腳步。往後面一看，只有大門晚了幾步趕上，說：「佐木先生不知道跑到哪裡去了，轉眼間就不見了。」

然後又再度回到人群中，隨即一臉驚訝地折返。

「奇怪了。會不會是回報社了？他不可能會走失的。因為打完麻將都固定來這家店。」

「大概是有什麼私事吧。」

聽多田這麼說，大門略加沉思，說：「我要回報社了。今天比賽的結果、騎師和馴馬師的訪問已經出來了。我是新人，雖然沒什麼要緊的事，但如果不去社裡露個面，主編又會酸我。」

說完微微行個禮，走了。

「搞什麼，兩個人都跑了，我們兩個剛認識的人不是很尷尬嗎。」

正經八百的臉上，有著與其他騎師們共通的純樸木納，但又露出以「小淘氣」來形容更加貼切的表情，這樣的奈良看人的時候似乎有個毛病，只見他以矇矓的視線看著多田。

「我們進去吧。他們兩個不來就算了。」

多田常陪平八郎去賽馬場，常有機會與馬主和馴馬師寒暄，卻從來沒有與騎師親近交談的經驗。多田沒來由地覺得和這個姓奈良的騎師會很合得來，便跟著奈良爬上樓梯。這是一家只有四張桌位的小店。穿戴著白色廚師帽和廚師服的店主來到就座的奈良身邊。

「米拉克博德四連勝了呢。」

奈良羞赧地笑了，點了牛排和沙拉，以及兩杯啤酒。多田舉起啤酒杯，做出乾杯的姿勢。

「恭禧！」

「謝謝。」

奈田只說了這句，便把啤酒喝掉一半。奈良沒有主動說話。多田猜想他多半不習慣與人交際，便尋找話題。

「和你同期進騎師學校的，有哪些人啊？」

奈良列出好幾個騎師的名字。去年、前年都獲得最佳騎師的糸見茂，以及曾與多田交談過一、兩句的增矢光秀都在其中。

「哦，增矢先生也和你同期啊。」

「我和他是同一年拿到騎師資格的……」

奈良微笑道。

「騎了好馬就會贏，贏了來拜託他騎的馬就更多，又有好馬可騎。可是如果反過來，就辛苦了。」

奈良以若有似無的聲音應了聲是啊，又微笑了。多田想把渡海千造一手培育、並由自己命名的小黑馬的事告訴他。

「弗拉迪米爾和花影嗎。真有意思。」

「增矢先生對那匹馬似乎抱著很高的期望。」

然後，多田故意若無其事地說：「馬主是久美子小姐喔。」

奈良驚訝地看著多田。

「文件上掛的是社長的名字，但已經讓給小姐了。」

奈良一副若有所思的樣子，然後視線不安地掃過店內的牆和啤酒標，猶豫著說：「增矢那傢伙，到處說和具家的小姐迷上他了。」

「其實正好相反。是增矢先生迷上久美子小姐，久美子完全沒有那個意思。還說她最討厭那種人了。」

說完，多田納悶，自己為何要做這種形同搧動的事呢？奈良顯然私心愛慕久美子，而自己對奈良的好感讓自己說了這種話，但同時他心底也明白，是一股優越感讓他自以為是。姑且不論真假，凡是男人都會拜倒在久美子的嬌媚之下，自己卻故意當她是小孩子，冷漠以對。這一點一直讓多田心中某處有微醺淺醉之感。

然而，多田一直告訴自己，就算久美子真的對自己有好感，也不能碰她。自己有妻子。有家室的自己若和久美子發生踰矩的關係，他就必須離開和具工業。這不是為了倫理，而是明哲保身之道。他吃著送上來的牛排，在心中喚醒為自己取了小木偶這個綽號、向佐木說自己不是人是木頭的牧原枝里子那肌理細緻卻寂寞的肉體。

體弱多病的父親仍努力在公家機關撐到退休。多田請父親出大學的入學金時，向父親保證會打工賺取學費和自己的零用錢，要父親不必擔心。他做了各種打工的工作——高爾夫球場的桿弟、家教老師、到貨運公司搬貨、酒店的外場。但這樣賺來的錢幾乎都消失在酒精和賭博之中。過了三年，眼看再一年就要畢業，最後一年的學費的繳費期限就要到了，他心生一計，接近一個大學女同學。她和佐木是同一個專題研究小組的學生，從信州來到東京，住在吉祥寺的公寓。因為他想起佐木的話——她很有錢。雖然主修東洋哲學，但英文很溜，靠當口譯存了不少。多田故意到吉祥寺車站去，在那裡等那個名叫牧原枝里子的女生。然後裝作碰巧搭同一班電車的樣子叫住她。在電車上找適合的話題和她交談，出了車站收票口的時候，說：「其實我是想要和你說話，一早就在吉祥寺的車站等你的。」

多田算準了長相普通，在校園裡一點也不起眼的枝里子，十之八九從來沒聽過男人的甜言蜜語。他踢著腳邊的石頭，約她去看電影，偷偷觀察她的反應。多田知道自己經常出現在女大學生的話題裡。而且料定了枝里子也知道他。

「我今天三點要打工。」

「那，明天呢？」

枝里子微微點頭。多田指定了碰面的時間和地點，跑進到處擠滿學生的學校。多田推測，突如其來的幸福讓枝里子陷入恍惚狀態。

「結果，她也只是隻母狗。」

多田邊上課邊露出冷笑，在心裡一再這麼說。他倒不是存心要騙她的錢。只要能夠在繳費期限前向枝里子借到學費就行了。錢，他事後會還。

看完電影的第五天，這次他們約在新宿，在咖啡店裡聊了好久，然後一星期後又去看了電影。那天晚上，多田送枝里子回公寓。在公寓前，騙她自己今天一天什麼都沒吃。

「為什麼？」

「因為沒錢啊。吃了飯就沒錢看電影了。」

「幹嘛不說呢，錢我可以出呀。」

他解釋父親自年輕就體弱多病，現在靠微薄的年金勉強維持生活。這是他與枝里子短暫的關係當中，說過的唯一真話。而且，在說真話的同時，還準備了一招巧妙的殺手鐧。

多田在海水浴場賣飲料的時候，認識了一個女人。這個女人是情場老手，很輕浮，最擅長的就是談戀愛的技巧。她會以食指慢慢撫過多田的下唇，作為暗示。她和多田在同一張床上待了整整三天，愉快地渡了假，不知回哪裡去了。多田在寒風陣陣、空無一人的路上，把她對自己用過的手法運用在枝里子身上。枝里子以高了好幾度的聲音，說要看有什麼現成的東西煮給他吃，問他要不要去她家。

過了很久，多田才發現當時根本不必與枝里子發生肉體關係。那天晚上，吃了枝里子做的什錦燴飯之後，只要向她解釋因為種種原因付不出學費，誠心向她借錢，保證一定會還，枝里子也一定會借給他的。然而，二十一歲的多田卻深信要向枝里子借錢，就必須先將她據為己有。

多田每次想起這件事，必定會用同一句話為自己辯護：「我當時也還是個小鬼。」但是，他很快就發現，這句話等於是下意識地為自己內心深處暗藏的惡意加以辯護——無論什麼女人都是母狗。都想和男人一起尋歡作樂。海水浴場那個連名字都不知道的女人也好，這個貌似嫻靜樸素的枝里子也一樣，本性都是女人。玩弄她們沒有錯。

過了不到一個月，多田一星期當中便有三、四天都在枝里子的公寓過夜。並不是在朝夕相處中對她產生了愛情，也不是因為向她借了錢對她有所虧欠。而是因為枝里子藏在衣服底下的肉體，具有意想不到的彈力與美麗的肌膚。然而，過了三個月他也膩了。開始對枝里子穿著衣服的時候無論如何刻意修飾都甩不掉土氣的容貌，與一絲不掛時釋放出令人難以抗拒的性魅力之間的差距，感到黯然神傷。枝里子背對著他脫下襯衣的模樣，驀地裡讓他聯想到盛夏午後開始枯萎的向日葵。

到了求職面試的季節，多田很乾脆地對枝里子說：「明天起我不會來了。」

枝里子似乎無法立刻明白他的意思。

「我們都要畢業了，與其藕斷絲連，不如現在就斷乾淨。」

「原來我們是這樣的關係？」

枝里子震驚地睜大了眼問。

「我可從來都沒說過要結婚。」

邁入暑假後不久，佐木打電話來。一到佐木所在的咖啡店，就看到枝里子和佐木面對面坐著。佐木催促著低頭不發一語的枝里子。

「快說啊。」

枝里子告訴多田，她懷孕了。多田大為震驚，但極盡所能掩飾。

「我可負不起責任。我又沒有强暴你，也沒有答應要娶你。你自己善後。」

「你怎麼說這種話？」

佐木傻了眼望著他，但多田直接離席走出了咖啡店。

接下來幾星期的時間，多田過得提心吊膽。枝里子從此音訊全無。新學期開始了，即使在校內擦身而過，枝里子連看也不看多田一眼。一直到他進了和具工業，有了澄子這個妻子，前年夫婦倆到醫院去檢查之前，他一直深信枝里子拿掉了自己的孩子。得知精子數量只有正常男人的三分之一的那一瞬間，在多田心中，放心和不可思議的激情遠大於失望。儘管已事過境遷，但多田這時候才頭一次對枝里子產生了近似於愛情的感覺。

「小木偶啊。不是人，是木頭，是嗎。」

他再度露出冷笑，在內心喃喃地說。大學畢業至今十三年，他一次也沒見過枝里子。

奈良為多田空了的杯子倒啤酒。多田把平八郎拿來問他、他卻找不到答案的問題又想了一遍。他問奈良：「像我這樣的人，實在沒有什麼特別的夢想，但奈良先生從事騎師這個工作，一定是有很大的夢想吧？」

「夢想，是嗎？」

「對，夢想。我們社長的口頭禪是，買馬就是買夢想，今天，我稍加反駁了。我說，馬主也好，買馬票的人也好，說穿了還不是為了想發財。結果就被問說，那你有什麼夢想。我想了想，覺得自己還真的沒有夢想。」

奈良想了一會兒，説：「關東的馬主，認為賽馬很浪漫的人好像蠻多的，不過關西的馬主就很少有這樣的人了。」

然後拿湯匙舀起餐後水果葡萄柚，邊説：「之前，我只希望早日脱離見習騎師的身分，然後希望有愈來愈多人找我騎他們的馬，當一個能騎好馬的騎師。」

「現在呢？」

「我希望能騎米拉克博德贏得經典賽。我第一次騎到那麼聰明的馬。才三歲，在第二場比賽上，我發現步調太慢，就催他。以我的目測，跑在前面的馬是一公尺一分二、三秒左右。依照那樣的速度來不及在終點前追上，所以我想早點搶到好的位子，但馬看得卻比我更遠。比賽結束後，我問了馴馬老師一千公尺的速度，是一分鐘整。這樣的話，以當時參賽的馬來説，終盤那六百公尺能跑出三十五秒多的就只有米拉克博德，和那時在更後面的一匹叫作『蘭博斯』的馬，所以可以在最後關頭追上。才三歲呢。我都覺得那匹馬成精了。」

「聽説牠在小馬的時候受了重傷，臉是歪的。」

「一看就看得出來是歪的。小時候受了那麼嚴重的傷，一般都會怕其他的馬，根本沒辦法當賽馬。我都會想，牠臉被踢傷差點沒命，後來撿回一命的時候，搞不好被人附身了。」

奈良說得煞有介事。

「騎師個個都很秀氣，我有點吃驚呢。」

「因為最會吃的時候，又不能讓身體長大，所以一直挨餓。而且，雖然也是要看各人體質，有些騎師在比賽前會減重。所以有些易胖體質的騎師，在比賽當天其實餓得頭昏眼花。」

「奈良先生也是要辛苦減重的那種嗎？」

「不是，我還蠻幸運的，吃什麼體重都不會變。」

然後，奈良露出笑容。

「也不見得都很秀氣啊。像我這種鄉下土包子臉的人很多呢。」

大概終於比較放鬆了，雖然有點遲疑，奈良頭一次發表了自己的看法。

「日本的賽馬會太以馬主為重了。還有，很怕工會。工會說什麼都不敢反對，連馴馬時間也有規定。現在馬也多，所以不能進行斯巴達教育。就算是賽前最後訓練，也是繞場一周就『好，完畢』。要是徹底加以訓練，日本賽馬的實力也會更上一層樓，可是這麼做要是讓馬有所損傷，可不是馴馬師向馬主道歉就算了。也會打破和工會之間協調出來的就業時間規範。可是，只要看到馬的腳，就連外行人也看得出來吧？四百多公斤的身體就靠那麼細的腳來支撐。稍微扭一下當然會斷啊。可是，是人們把馬改良成這樣的。既然那麼怕損傷，不要買馬不就好了。」

「我們社長說，再比一、兩場，就要讓夢幻和具退休，自己也不再碰馬了。」

多田把咖啡喝完，這麼說。

「你剛才說的歐拉……」

「歐拉西翁。」

「那匹馬也不要了嗎？」

「不，那是久美子小姐的馬。」

說到這裡，話題中斷了。多田和奈良在餐廳門口道別。多田呆立在門口目送奈良匆匆前往停車場的背影，直到他消失在人群雜踏之中。心想，那個本性善良，說自己一臉鄉下土包子樣的年輕騎師，在短短一分多兩分鐘的比賽中，在馬背上弓著身子朝終點前進時，心裡究竟都在想些什麼呢？

三

一到五月，夢幻和具就捐贈給當初領養第一和具的同一家大學的馬術部，平安抵達馬術部的馬房。平八郎在電話裡說，我要直接回家，原本預定今晚要開的會，全都改到明天。掛了電話，多田便對祕書室長須藤說了謊。

「社長沒說是什麼事，但要我馬上過去，所以我現在要到京都去一趟。今天就不再回公司了。」

然後離開了公司。看看表，三點。會客時間到五點，所以多田腳步匆匆地走御堂筋來到阪急梅田車站，進了書店。買了誠滿心期待的雜誌裸體寫真集，趕往醫院。

來到病房前，認得他的護士說：「誠誠現在到檢查室去了。才剛去，大概要一個小時的時間吧。」

多田喃喃地說一個小時啊，看了時鐘的指針，等誠檢查完回來，會客時間也過了。他走進病房，把包裝紙包好的雜誌放在誠床上。他向其他患者微微點頭致意，正想走出病房，想起誠都是把雜誌的裸體寫真集藏在枕頭底下，免得被母親發現，所以又回到病床邊。因為他想到要是誠的母親來了，看到自己留下來的書，誠一定會挨罵。所以多田想將他買來的雜誌放到枕頭底下。

翻開枕頭，多田眼前出現了放在透明薄塑膠盒裡的小黑馬的照片。是站在雪地裡的歐拉西翁的照片。他拿起那個塑膠盒。一翻過來，只見鋼筆寫著「歐拉西翁，父弗拉迪米爾，母花影」的字樣。這怎麼看都不是男性的筆跡。枕頭底下有上個月的裸體寫真集，一小塊很像信封的白紙從中間那幾頁露出來。他一時望著半空思索。為什麼誠枕頭底下會藏著歐拉西翁的照片？久美子的臉龐頓時從腦海中一閃而過。除了久美子，沒有別的可能了。他打開上個月的裸體寫真集，拿起信封，打開裡面的信紙。看完信，一看到最後署名和具久美子，便把東西歸回原位。將裝了歐拉西翁照片的盒子，和自己剛買來的雜誌放在枕頭底下，走出病房，趕到病房入口設置的公共電話。他聽說久美子有絕對不能缺席的課要上，所以陪夢幻和具前往大學馬術部的就只有平八郎一人。撥了電話，是和具家的女佣接的。很快就傳來久美子的聲音。

「我現在人在誠的醫院，有點事想跟你說。」

「誠怎麼了嗎？」

「總之，我有話想跟你說。你能到梅田來嗎？」

「快告訴我，發生了什麼事？」

多田不答，只說在中央飯店的咖啡廳等，就掛了電話。怒氣加快了多田的動作。明明沒有那個必要，他卻在醫院到車站的路上不時奔跑。沒有零錢，拿千圓鈔請站務人員找零時，語氣也很衝。

「我趕時間，可不可以快一點？」

在中央飯店的咖啡廳坐下來，到久美子抵達的那三十分鐘，多田時夫不知抽了多少根菸，指尖不耐煩地在桌上敲了又敲。走進咖啡廳的久美子臉色蒼白，正面面對多田，大口喘著氣。

「誠怎麼了嗎？」

多田瞪著久美子。

「你到底在想什麼？」

久美子愣住了，望著多田。

「為什麼要把歐拉西翁給誠？小馬和誠都不是你的玩具。」

「你就為了這個把我叫出來？我還以為誠的病情惡化了……在電車裡心一直跳，差點就急死了。太卑鄙了，從醫院打那種電話來，我當然會這麼想啊？你為什麼不告訴我一聲說不是要談誠的病情，是別的事？你應該不是連這一點基本的小事都想不到的人吧？」

久美子完全不顧四周的客人一齊對她行注目禮，又氣又急地大聲說。

聽她這麼一說，的確沒錯。從醫院打電話去，說有話要講想見一面，當然會認為是誠出事了。多田想到這裡，道歉道：「的確。久美子小姐說的是。對不起。」

「你道歉姿態還真高啊。」

「不然，要我跟你下跪嗎？」

兩人互瞪了一會兒，還是久美子先開口。

「我把歐拉西翁送給誠，跟多田先生有什麼關係？歐拉西翁是我的馬，多田先生沒有道理生我的氣。」

「那當然了。那匹馬是久美子小姐的。你要怎麼做與我無關。」

「那你幹嘛這麼生氣？」

「誠又不是三歲小孩，一定也知道純種馬有多麼昂貴。而為什麼一個叫作和具久美子的素不相識的女生會把馬送給我？他一定問過了吧？你是怎麼回答的？事情都是有順序的。社長到現在都還沒有見過誠，誠的母親也還沒有告訴誠他的父親還活著。你憑著少女的感傷，自行其是，要是造成無可挽回的後果怎麼辦？」

「無可挽回的後果？」

「就是因為你不明白，所以我才生氣。他病得很重，而且還是個孩子。要由我們身邊這些大人做好準備，細心打點，慢慢讓他知道他是個私生子，他以為是父親的人其實並不是，而真正的父親還活在世上。可是，這也得等到萬不得已的時候。我不希望你膚淺的同情和感傷，破壞社長和他母親為他打點的一切。」

「喔喔，好可怕。你好像很討厭我啊。」

說完，久美子的視線一直停留在多田身上，時間久到他都有點發毛了。漸漸的，久美子的眼光減弱了，又變成和上次那個晚上一樣，在哀愁中帶著一絲嬌媚。

「我也不知道為什麼，從見面前就對那孩子產生了愛情。」

「愛情？」

「只能用這個詞來表達了，所以我才說是愛情。因為我喜歡爸爸，覺得我也能喜歡爸爸的孩子。所以我跑到醫院去。我騙他說，我是他媽媽的朋友。可是，我不知道該和他說些什麼才好。所以我就說我有一匹小馬，結果誠很有興趣。他問我是公的母的，是多少錢買的。我回答說，是一匹三千萬的公馬，後年就會上場比賽了，誠就自言自語地說，好想看那匹小馬在賽馬場上比賽。我在那之前根本想都沒想過，可是話就從我嘴裡蹦出來了。」

「什麼話？」

「我說，你想要那匹馬嗎？想要就送給你。我覺得，也許歐拉西翁會成為誠的精神支柱。」

「他一定不是說那我就不客氣地收下了，沒這麼乾脆吧？」

「他好像以為我是在捉弄他。瞪了我一眼，就從會客室回他自己的病房了。」

多田嘆了一口氣，問了整件事的來龍去脈。寫誓約書的事，為了拍歐拉西翁的照片，跑到北海道早來的事。把那些照片拿給誠時，囑咐他最好不要告訴他媽媽，否則他媽媽一定會嚇一跳，叫他把馬歸還……

從久美子說話的樣子，看得出她沒有說謊。多田的怒氣不知不覺平息了，也逐漸認為，久美子雖然是個千金大小姐，卻也有她的優點。久美子說完以後，多田仍默默無言地望著桌子。久美子嘴裡說出的「愛情」這兩個字，輪流釋放出光明與黑暗，刺中了多田內心某一點，遲遲不肯離去。他也認為那一匹小黑馬，能夠為誠帶來活下去的力量。

「你不生氣了？」

這句話，讓多田把視線從桌上移到久美子臉上。

「如果你不生氣了，請你再次向我道歉。我的心臟狂跳，真的害我以為我會死掉。」

他鬆開領帶。

「那我要說多少次對不起？」

用有點賭氣的語氣問。

「我不要聽對不起，請用其他的東西來補償。」

然後，久美子的視線悄悄從多田身上移開，欲言又止地，以幾乎聽不見的聲音說：「像是請我吃好吃的東西，或者帶我去多田先生偶爾會一個人去喝酒的店……」

「你還真了解。我是有自己去喝酒的地方，公司的人絕對不會去的。可是現在時間還早。」

「我是匆匆忙忙從家裡跑出來的，沒有好好化妝。我化妝的時候，時間不就過去了嗎？」

「化妝要花這麼久的時間？」

「我今天會慢慢化。」

久美子離開了咖啡廳。多田終於慢慢明白自己的心了。他並不是氣久美子自作主張。而是自以為誠每個月由衷期待的並不是裸體雜誌，是他自己。

在有限的會客時間裡，誠會把一個月來發生的事一五一十地告訴多田。為了洗腎粗粗的針插進血管時的疼痛，即使明知全身的血會在濾淨之後回到身上，但眼看著所有的血一滴不剩地向外流的那一瞬間，那種無法形容的恐怖。

以及結束之後真真確確的安寧與復活；對於有自己這樣一個兒子的母親的體貼；早上，從病房窗戶看下去的慢跑的人們，以及總是纏在他們腳邊嬉鬧的小狗的躍動，令他感覺到的不可思議；對一個護士淡淡的愛慕。

這些都是誠信賴與喜愛多田的證明。多田知道自己在不知不覺中，對誠產生了愛情。沒別的，自己就是嫉妒久美子。過去，多田從來不會嫉妒。就算曾經嫉妒過，也都是可以立刻拋在腦後的程度。他自知自己的中心是一種堅硬的無機質的東西構成的，但他看得很開，認為「我就是這樣」。

然而，這樣的自己對誠的感情又該怎麼解釋？難道就只有久美子口中說出的愛情這兩個字可以形容，沒有別的了嗎？那麼，自己為什麼會對一個沒有血緣關係的少年產生愛情？一定是因為誠打開了多田時夫這個人的心。多田這麼認為。從某一天起，我封閉了我的心，變成了木頭。枝里子現在在哪裡過著什麼樣的日子呢？一定成為某個人的妻子和母親了。孩子大概也上小學了吧。多田從來沒想過這些，但眼前卻浮現枝里子的臉，模模糊糊地勾勒出她在陽光中牽著一個孩子的情景。

「小木偶啊……」

多田望著菸灰缸裡堆積如山的菸蒂説。對於枝里子，他一直有一個疑問，有時會突然冒上心頭。不惜詐稱懷孕也想挽留自己的枝里子，為什麼那麼乾脆就死心了？多田覺得佐木告訴他的枝里子的話中，暗藏了解開這個疑問的關鍵。

「我幫時夫取了一個綽號。叫作小木偶。他不是人，是木頭。」

他拚命專心思索，想找出這句話背後的東西。要罵人沒有比這句話更狠的了。但是，枝里子説話的方式，怕生又不起眼的外表和心，分手之後在大學裡擦身而過之際，看起來只想早點遠離多田的側臉，和這句話重疊起來時，有一種想法一點一滴地、慢慢地膨脹。如果不是把我這個人摸透了，是絕對説不出這句狠話的。就算只針對自己心中惡的部分，但所謂的摸透，難道不是意味著也真正愛我嗎。她原諒我了。否則怎麼能夠將自己這個人的本質説得如此中肯貼切呢。他夾著點了火的香菸，垂著頭，焦點散漫的視線落在自己膝頭。連久美子從化妝室回來都沒發現。

「你睡著了？」

聽久美子這麼説，多田連忙抬起頭來。好長一段的菸灰掉落在桌上。

「在想點事情。」

「遠遠地看，多田先生看起來好像在哭。」

多田站起來。走出飯店時，說：「在北新地外側。從這裡過去的話，用走的要走很遠。」

搭計程車大約十分鐘左右，但正值御堂筋最塞車的時段，司機一定不願意載。他把這些對久美子說了。

「我想用走的。」

久美子的身子靠過來。多田認為，就算司機不願意，還是搭計程車比較好。要是被下班回家的同事看到了不太好。

「還是搭計程車吧。要是司機不願意，我會多給小費的。」

路況比預期的還塞，花了近三十分鐘才到多田一個月會去兩、三次的小店「提燈」。那家店只有禿頭中年老闆，和一個打工的年輕女孩，客人幾乎都是常客，但多田從來沒有和那些客人交談過。他總是坐在吧檯，聽被客人稱作豐哥的老闆大談將棋，有空的時候兩人也會下一盤。

店似乎才剛開門，豐哥正在吧檯裡擦拭白蘭地杯，打工女孩和客人都還沒到來。

「難得你會這個時間來。」

豐哥將多田寄的酒移到吧檯上，拿了兩只酒杯。

「而且還不是一個人，和這樣的大美人一起上門，這還是七年來頭一遭啊。」

「七年了嗎。」

「你從東京調過來，應該快八年了吧。頭一次來我這兒的時候，你說你來大阪才一年。」

豐哥幫多田和久美子調了威士忌兑水，打開放在店後的卡式音響，問：

「要聽現代爵士呢，還是巴薩諾瓦？」

「都可以。」

「那就來聽聽比爾·艾文斯的鋼琴好了。我把音量稍微放大一點。」

本來一直保持沉默的久美子調皮地問：

「你都是什麼心情的時候會自己跑來這裡喝酒？」

「很累的時候吧。」

「你太太不會幫你消除疲勞嗎？」

「要看是哪一種疲勞。有一種累，不在這種店裡一個人喝喝酒，是消除不了的。」

接下來，多田傾聽如落雨聲般清澈的爵士鋼琴聲，將頭一杯酒一飲而盡。

「好像在喝啤酒似的……你每次來這裡，都是這樣喝威士忌的嗎？」

「不是，接下來的都是慢慢品嚐。」

他偷瞄了久美子的側臉，雖無法將這個深知自己有多美麗的女孩據為己有，但我可沒那麼傻。

「社長終於要放掉手上所有的馬了。昨天，他才說過再也不要買馬了。」

「可是，歐拉西翁終究是我爸爸的呀。」

「要是知道久美子小姐把歐拉西翁讓給了誠，社長不知道會是什麼表情。」

「爸爸一定會很高興的。」

「怎麼說？」

「我覺得，爸爸就快要去見誠了。」

多田也這麼覺得。但他力持冷靜。

「三榮電機已經開始認真投入ＩＣ部門了。聽說在靜岡買了六萬坪的土地，一定是要蓋零件工廠。三榮電機對我們的採購，占我們年產量的百分之二十八。其他兩家公司，也開始準備自行生產ＩＣ零件了。若這三家公司不再需要我們的零件，我們確定將失去百分之六十三的營業額。這麼一來，只能寄望海外市場了。」

說到這裡，多田後悔了。因為他認為不應該告訴久美子這些的。所以多田改變了話題。

「久美子小姐也認為馬是夢想嗎？」

久美子邊以指尖抹去沾上玻璃杯的口紅，斬釘截鐵地回答：「不是夢想。是生物。會說這種話的人，都對花大錢在馬身上有那麼一點罪惡感。我爸爸一定也是這樣……」

「可是，歐拉西翁的確成為大家的夢想了啊。既然久美子小姐把牠讓給了誠。」

說完，多田心頭一凜。因為他這才發現，原來自己也希望歐拉西翁為誠帶來生命力，帶來莫大的奇蹟。奈良所說的異想天開的笑話，以及充滿了暗示的奇妙幻想，不知不覺給了多田他自己不會做的夢——我都會想，牠臉被踢傷差點沒命，後來撿回一命的時候，搞不好被人附身了——多田覺得，歐拉西翁每贏一場比賽，誠也會從中獲得戰勝病魔的力量。可是，他當場便打消了這種童話。豪華馬主區的熱氣與喧鬧。在那裡蠢動的人們那些流氓般的面孔在他心中放大。前往馬主區時多田心中一定會泉湧而出的憤怒與不快，瞬間讓他露出冷笑。多田將他那張臉面向久美子說了。

「學生時代，我曾經為了錢騙過一個女人。要她出了錢，卻玩夠了就拋棄了她。那個女人，給我取了綽號叫小木偶。說我不是人，是木頭。沒有別的說法可以形容得更貼切了。準得令人咋舌。把歐拉西翁和誠連在一起，將一絲希望和夢想寄託在他們身上，對我來說真是可笑極了。」

多田沒發現自己這番話，帶給久美子多少痛恨和狼狽。此時豐哥小心翼翼地走過來，問能不能打擾兩人十分鐘。

「我設了一個蠻有趣的將棋局。多田先生，要是你能在十分鐘之內解開，今天的帳就算我的。」

多田一點頭，豐哥就端來摺疊式的將棋盤，開始擺上棋子。多田朝久美子瞄了一眼，觀察著她的表情。久美子比平常更濃的化妝底下，露出了不見誇耀也沒有媚態、毫無矯飾的神情，讓多田差點就要朝她的下唇伸出食指。他趕緊將手塞進長褲的口袋裡。

1——單勝或複勝都是日本賽馬的投注方式。單勝是在一場賽事選一匹認為會跑第一的馬。複勝是在有八匹以上的馬出賽的比賽中，選一匹認為會跑進前三名的馬；五至七匹則是跑進前二為勝馬。

2——賽馬比賽時會先公告馬場狀態作為下注的參考。日本分為「良」、「稍重」、「重」、「不良」四種，跑道的含水率以「良」最低，依次升高。「不良」是指跑道上有積水的狀況。草地跑道在「重」、「不良」時因容易打滑，對跑速不利；沙地跑道反而是「良」和「不良」時較為不利。

第五章　傷

一

結束了三匹馬的訓練，奈良五郎一回到馬廄就洗了臉，馬上跳上腳踏車，前往距離自己所屬的砂田馬廄相當遠的石本馬廄。因為他很關心米拉克博德的狀態。

負責照顧米拉克博德的廄務員松木左門，正在春日的陽光下攤開乾草，口中自言自語。

「一點都不懂馬，就不想幹活，只想要錢。嘿！被那種馬夫遇到了，會跑的馬也跑不了了。」

奈良悄沒聲息地走到清洗馬匹的浴馬場，靠著牆，對著與自己的父親同齡，今年五十歲的松木左門開口道。

「說馬夫會被圍剿喔。叫馬夫是歧視，應該要叫廄務員。」

松木一回頭看到奈良，那張滿是皺紋的臉就笑開了。然後弓著身，仔細地撿起黏在攤開來的乾草上的穢物，邊望著馬房那邊說：「我當馬夫好得很，你說是不是啊，空助。」

聽到有人叫空助，米拉克博德在馬房裡伸長了脖子，抽動著鼻子，右前腳朝馬房牆上敲門似地敲了一下。米拉克博得想要什麼的時候，好比想喝水，要人多餵一點飼料，習慣拿右前腳敲牆壁來告訴人們。這聲音會維持一定的節奏，在馬房裡發出「空空空」的聲音，所以松木就喊米拉克博德空助。不知不覺，馴馬師石木善次和他的妻子、奈良、石本馬廄的主力騎師寺尾、馬主和田榮助，最後連賽馬記者，也都以空助來喊米拉克博德了。

米拉克博德原本預定於三月初上東京，經過紮實的調整之後，先參加中山賽馬場舉辦的春季錦標賽，再挑戰皐月賞。然而在訓練中，馬場撒的防凍液跑進了腳與蹄連接部分的小傷口，有點發炎，為求萬全，便將前往東京的日期延到三月底。這對米拉克博德陣營而言，是一大失算。皐月賞是四月的第三個星期天舉行，所以到東京後只相隔三星期。自二月初達成完美的四連勝以來，一次比賽都沒有參加過。這麼一來，一上場就得挑戰皐月賞這樣的大比賽了。一到東京立刻就參加四歲的公開賽也是一種作法，但這麼一來，和皐月賞的間隔就太近了。

「老師怎麼說？在東京直接上場？」

奈良問。

「直接上場，怕中間間隔太久……」

松木左門在浴馬場拍了拍手。

「那是個二釐米到三釐米的傷。可是，沒有及早發現，責任在我。」

說完，往圓凳上一坐，叼起了香菸。松木左門的視線不時往奈良拋過來，張開嘴有話想說，卻又馬上閉上。就這麼欲言又止了好幾次之後，垂著眼說：

「寺尾和佳子要結婚了。」

「哦……」

佳子是石本馴馬師的獨生女，今年三月才剛滿二十歲，但已經墮過兩次胎了。佳子雖然說不上美人，但長相是男人偏好的那種，還在高中就讀時奈良就聽說過她好幾則醜聞。和馬主的紈絝兒子玩到懷孕、墮胎兩次的傳聞，在栗東訓練中心是眾所周知的事實，所以寺尾明知道仍要娶佳子為妻，奈良也覺得這背後必有文章，但他沒有挖掘這種八卦的本事。

「她是獨生女，所以寺尾要入贅了？」

「應該是吧。」

松木左門抬起頭來望著奈良，說：「寺尾要跟那個佳子結婚了啊。」

「嗯，跟佳子結婚入了贅，這石本馬廄遲早就會是他的了。對寺尾來說，也不是壞事。」

「你真的是笨到骨子裡去了啊。」

「怎麼說？」

「還有心情管人家取了不是完璧的女兒、入不入贅啊。這下我們老師欠那個寺尾多少人情，你應該不會不懂吧！」

「那當然了。」

「哇！」

松木大大嘖了一聲站起來。然後罵道：「像你這種頭腦打結的笨蛋，永遠當不了一流的騎師。空助以後就要由寺尾來騎了。非要我說得這麼明你才懂嗎！憑你這樣的腦袋，看得出比賽的走向嗎？」

罵完便走進馬房。奈良五郎呆呆地看著結束訓練的馬兒們，由騎師或馴馬助手騎乘著，在廄務員的引導下，回到各自的馬廄，但漸漸地他的腰部以下虛脫了，搖搖晃晃地坐在地面上。身上的馴馬服肩膀那個地方被初夏般的陽光曬得熱熱的，但同樣應該熱熱的背卻興起一股莫名的寒意，奈良的身體開始微微顫抖。

如果是自己不聽馴馬師的指示來騎，或是犯了明顯的騎乘錯誤，他還能夠理解。可是，奈良心想，自己騎米拉克博德四次，四次都贏了不是嗎。現在卻僅僅因為寺尾願意娶自己的女兒，石本就要把我換掉，讓寺尾當米拉克博德的騎師？就在勝利在望的經典賽前……

奈良彈也似地跳起來，跑進馬廄。到處尋找松木左門的身影，繞到馬廄後面。松木正專心致志地將千葉的牧場送來的一梱梱青草搬進小屋裡。

「松木大叔。」

奈良叫著，抓住松木左門粗糙的手。

「不是真的吧？你說寺尾要騎空助不是真的吧？」

松木放下雙手抬起的青草梱，拿掛在腰帶上的毛巾擦了汗，坐在四方形的青草堆上，對奈良說：「好了，你也坐。」

奈良聽他的話，在他旁邊坐下。松木四處張望，壓低聲音說：「什麼樣的馬夫都有。照顧紫羅蘭福特的，上次來了一個叫西川的年輕小伙子。狀況明明已經調整到可以到上週日的特別賽一爭勝負了，卻改成一般賽好穩拿冠軍。這你也知道的吧？」

奈良低頭頭，微微點頭。

「可是，路上被絆住了，跑了第八。騎師是寺尾。他還說什麼那種不聽話的笨馬誰來騎都不會贏，可是如果是你來騎，一定早就贏了。狀況那麼好，而且對手又那麼弱。你也這麼想吧？」

「賽馬這種事，不真的上場誰也不知道。」

「不，寺尾他還不懂馬。他會以蠻力把急著想向前衝的馬制住，馬反而更生氣，更急。這時候，糸見或權藤就會巧妙地鬆開馬銜。荒木則是會用別的手法來安撫馬。你這一、兩年，不知道是用什麼辦法偷學到的，但也學會了糸見、權藤和荒木的技術了，我沒說錯吧？」

奈良沒作聲。松木繼續說下去。

「剛才，紫羅蘭福特去做騎乘運動回來，西川那小子，竟然拿竹掃把往紫羅蘭福特的屁股、肚子打。那小子本來巴望著贏了有獎金可拿，結果拿不到，就打自己照顧的馬出氣。他以為沒有人看見，偏偏被我看見了。我是已經不想向年輕的笨蛋說教了，但他實在太過分，我忍不住就插手了。我說，馬是很聰明的，你這麼做，牠將來會報復的。我實在很想大罵他一頓，卻硬憋著，儘可能心平氣和地跟他說。結果西川那小子竟然說，你看我不順眼，我可以走，然後就不知道跑到哪裡去了。」

奈良心想，所以松木剛才才會做扛青草這些年輕人份內的工作嗎。

「可是，這世上，好逸惡勞，只想占便宜的，並不是只有西川那樣的廄務員而已。寺尾也一樣。空助當初進我們馬廄的時候，他劈頭就說，臉歪成這樣的馬能成器嗎，連訓練的時候都不肯騎。所以才會輪到你的。可是牠卻一直贏一直贏，四連勝，成了關西最熱門的馬。臉是歪的，小時候差點死掉，有這麼離奇的身世，媒體當然就愛炒作，而且連騎馬的你都成了明星。寺尾也不好這時候才開口要求要騎。」

說到這裡，松木聲音壓得更低。

「我們的馴馬師，是去年三月才從見習馴馬師成為經營馴馬師的。新獨立的馬廄一開始只能配到十個馬房。馬上就能賺錢的馬，當然不是說有就有，所以一開始最少也要準備五、六百萬的資金。這筆錢是哪裡來的呢？馬也是，我們馬廄很快就有還算會跑的馬從別的馬廄轉過來了。原因就是佳子呀。讓她懷孕的敗家子的爸媽對佳子的爸媽過意不去，所以代墊營運資金，把自己手中會跑的馬，從別的地方轉到石本馬廄來，替兒子收拾善後。這樣雙方算是和解了。這麼一來，精心養大終於可以幫忙賺錢的馬被別的馬廄搶走，原來的馴馬師和廄務員當然嚥不下這口氣，到處逢人就說，石本家的女兒真孝順，賣身救父，幫忙父親的事業。這些話一下子就傳遍了整個訓練中心。石本家怎麼還找得到女婿呢？所以寺尾就抓住了這個機會。我沒有偷聽的意思，只是擔心空助，晚上八點左右跑來馬廄。結果聽到寺尾和我們馴馬師夫婦在講話。你知道寺尾那傢伙說得多感人嗎？」

奈良連抬頭的力氣都沒有，拔了青草，送進嘴裡用門牙去啃。想起在騎師學校的時候，經常像這樣在午後的休息時間，和同期的同伴們談天說地的日子。其中也有寺尾康二。

「我去的時候，事情好像已經談定了。夫人說，外面流傳一些很難聽的謠言，但那都不是真的。是啦，我們女兒是個野丫頭，有段時間也是不聽父母的話，但她可沒有做謠言傳的那些事。寺尾就說，就算謠言是真的，我也不放在心上。因為我喜歡佳子……真是大鬥法，看誰戲法高明啊。就算謠言是真的——多加這句話，就是他的心機。等於是擺明了對作父母的說，那些都是真的，她拿掉兩次孩子的事我都知道，這時候再提出空助的事。石本馬廄的主力騎師明明是我，空助卻是奈良在騎。我當然也想贏得經典賽。身為石本的主力騎師，實在覺得很沒出息，我的心情，請兩位體諒。」

「已經決定了？」

奈良無力地再度確認。松木左門默默點頭。

奈良站起來，有氣無力地走回馬房。一一輕輕拍過每一匹馬的臉，來到米拉克博德的馬房前，停下來。米拉克博德鼻子發出噗嚕嚕的聲響，把臉往奈良靠過去。奈良輕輕扶著牠的臉，悄聲說：「只有我能騎你。你也這麼想吧？」

米拉克博德的右眼旁突出又長又硬的一塊。那是骨頭斷裂癒合的痕跡。他和米拉克博德臉貼著臉，磨蹭了好久。聽到腳步聲，連忙離開馬兒身邊，來到外面。寺尾在練習服上套了紅色針織衫，朝馬房走來。一看到奈良，照老樣子叫了聲「唷」。

「我明天要去美浦，終於要去東京了。」

寺尾說。

「只能直接上場了啊。」

奈良盡全力佯裝平靜，但這麼一來，舌頭反而不靈光。他跨上腳踏車，準備回自己的宿舍，卻被寺尾叫住。

「空助好像沒有想跑就不聽話的毛病喔？」

發現寺尾想不著痕跡地問出米拉克博德的習慣，那一瞬間，奈良這輩子頭一次在心中產生了一個充滿惡意的計謀。

「有啊。不過，用點小方法，他很快就會平靜下來了。」

奈良這句話，讓寺尾露出訝異的表情，雙手邊撫平燙得很鬈的頭髮邊靠過來。

「你之前不是說，沒遇過這麼聽話的馬？」

「那是因為在他不聽話之前，我就先使出小手段，就不會發作了。」

「什麼樣的小手段？」

「要緊緊跟在前面的馬後面。想跑快也沒辦法，牠就冷靜了。然後再往外。」

「我看過好幾次錄影帶，也看了比賽，沒看到緊跟在前面的馬後頭的場面啊。」

「因為只是一剎那的事，很難發現，不過我四次用的都是這種騎法。這就是祕訣啦。」

寺尾好像還想繼續問，但奈良將腳踏車緩緩騎上馬路，回到宿舍。爬上專供騎師住的五層樓公寓的樓梯，一進自己的房間，他便茫然站在房間正中央，站了好久。後來終於在矮桌前坐下，拿出一本筆記。

米拉克博德。目前理想體重：四百六十到六十六。

一、與其他的馬並排時，要距離兩公尺。

二、絕對不能跑進馬群中。

三、牠想跑，就順著牠讓牠跑。叫牠跑牠不肯跑的時候，先順著牠，然後在勝負的關鍵再硬逼牠跑。但是，一場比賽只能一次。

四、有略向左偏的毛病。所以，右腳的馬鐙要比左邊的短兩公分。要兩公分還是一公分或三公分，要看現況慎重考慮。

五、右鞭很危險，就算抽左鞭的時候，也只能打在肩上。

六、前方有馬，間隔太小的時候，會豎起耳朵感到害怕，所以要特別小心千萬不能距離太近。（要往外，繞到外側就很順）

奈良會將自己騎的馬的習慣和騎法，分別仔細做成筆記。從三年前的秋天便一直持續到現在。奈良回想起他仔細觀察米拉克博德的脖子，進行他們的第三場比賽，四歲馬錦標賽。從位於檢閱場的騎師休息室直到回到檢量室的那一整段經過，他都還記得。

那天，上午一直下著小雨，但午後便開始出太陽。奈良要先在第二場新馬賽、第五場四百萬級的一般賽、第八場母馬限定賽出場，最後一場是主賽四歲馬錦標賽。第二場跑了第四，但第五場擺脱追兵贏得冠軍。第八場原以為會贏，但被糸見的馬從外側超過去，得了第二。

在檢閱場上，要跑四歲馬錦標賽的十五匹馬由廄務員拉著繞場。奈良坐在休息室的長椅上，望著照常戴著黃色面罩的米拉克博德。公開資料中，馬的體重是四百六十二公斤，但馬本身看起來比那還重，而且顯得很柔軟。儘管將松木左門的身體一直往內推，也還是沒有硬梆梆的地方，奈良覺得狀況調整得真好。然後觀察坐在休息室裡等候上馬的騎師的表情。奈良已經開始懂得，比賽的經過等等結果會如何，某個程度在休息室裡就預測得出來，而且與真正的結果相去不遠。

最大的競爭對手多半是三號馬，騎師是須崎，他的臉色發青。這種時候的須崎沒什麼好怕的。目前與尾瀨互爭排名的糸見，並沒有瞪著騎乘最熱門的馬的騎師，也就是我。這是一開始就認為沒有勝算的證據。

奈良就這樣看完十五名騎師。他預測，增矢那傢伙八成會耍花樣。增矢光秀騎的馬熱門的程度排名第五，但那是一匹步距大的馬，不擅長像今天這種容易打滑的馬場，但增矢煩躁地用手背到處拍打根本還沒有弄髒的綵衣。這是他在意輸贏時的毛病。

不過，增矢的馬是一定要領先才會贏的馬。然而，有一匹馬比增矢的更想跑在前面。那就是九號馬。牠無論如何都會想超前吧。增矢應該也很清楚。這麼一來，如果讓九號馬先跑在前面，增矢再隔著相當大的距離跑第二，與後面的馬之間也保持五、六個馬頭的距離的話，最後他的馬等於是輕鬆贏得第二。奈良認為，他一定是訂下了這樣的策略。如果沒有其他騎師去刺激增矢的馬的話，就由我來吧。這麼一來，增矢的馬可能會爆衝壓不住，順便跟九號馬爭個你死我活也說不定。後來居上型的馬，最可怕的是不被看好的六號馬。但是騎牠的川瀨已經超過四十歲，在調整室裡就進了三温暖四次，減重減得很辛苦，而且今天已經比過六場了。現在應該沒力氣了吧。真的要硬碰硬的話，會因為出力過度而輸給我。米拉克博德一定會贏的，但增矢那傢伙一定會耍什麼花樣。奈良忽然感到不安的時候，工作人員對廄務員下了「停」的號令。以此為準，騎師們跑步到檢閱場正中央的草地集合，依自己騎乘的馬的背號列隊。

「第十場比賽，四歲馬錦標賽，草地跑道，距離一千六百公尺。馬場狀態不佳，馬匹數又多，騎乘時務必多加小心。」

工作人員很快地說完形式上的注意事項，下令：「上馬！」

騎師們分別跑到自己的馬身邊。奈良跨上米拉克博德，套上馬鐙用力踩，他已將右邊調整馬鐙長短的皮帶往上扣了一格。馬鐙愈短，對騎師的體力負荷愈大。騎師是靠脛骨內側夾住馬的身體抬起屁股的，而馬鐙愈短，騎師的身體位置就愈高，能夾的部分就愈少，因此大腿內側就需要更多的肌力。但是，這麼做，馬背的負擔反而變輕。石本馴馬師檢查了固定馬鞍的腹帶。這是為了確定騎師上馬之後腹帶是否變鬆。奈良朝顯示賠率的電子公布欄看。米拉克博德單勝（在一場比賽中選中第一名的馬）是大熱門，賠率二點四倍。第二到第五差距不大，將近五倍左右，其餘的全都是十倍以上。

「這是一哩賽，是可以先減速從外側出線，不過這次直線前進。」

石本對奈良下指示。米拉克博德是二號。直線前進就意味著往內側跑。不用他交代，奈良就是打算這麼做。前一晚，他看著出賽表，已經演練過各種作戰計畫了。米拉克博德雖然是第一次跑狀況不良的草地馬場，但牠的馬蹄小，屬於著重力量更甚於速度的類型，所以對牠來說應該不會造成什麼障礙。馬匹載著騎師，再度在檢閱場上繞圈。松木左門望著前方問：「怎麼樣？」

「好馬啊。」

聽奈良這樣回答，便說：「這我知道。我是在問你氣勢是不是漸漸起來了，還是沒有看起來這麼有氣勢。」

「這個不用問我，大叔更清楚吧。」

奈良清楚感覺到，聚集在檢閱場的觀衆，視線絕大多數都落在米拉克博德身上。真叫人不好意思。其中，也夾雜著注視自己的視線。兩匹灰毛引導馬離開檢閱場，朝通往主馬場的地下道走去。地下道鋪了軟木塞，是T型的通路，到三叉的轉角之前都是下坡，若直走不左轉，就會來到賽前測量馬體重的計量場與檢體所前。一轉到通往主馬場的上坡，奈良總是因為出口刺眼的光瞬間瞇起眼睛。一場比賽會輸會贏，在走到出口不到一分鐘的時間裡，他會聽到奇妙的聲音預言勝負。自己騎的馬踩在軟木塞上的聲音，有時候會是規律地「勝、勝」聲，有時候會發出「敗、敗」這種沒有霸氣的悶響。這只有他自己聽得到，明知實際上每一匹馬的蹄聲應該都是一樣的，但奈良在聽到「敗、敗」的時候，的確完全沒有贏過。

除非馬太過興奮，否則廄務員會在主馬場入口放開牽繩，不會進入主馬場，在此等候比賽結束馬匹退場。松木左門放開牽繩，輕輕拍了拍米拉克博德的肩，說：「沒有馬贏得了你的。」

在靠近終點的直線跑道繞行上一、兩趟，在主馬場向觀衆展示馬的氣勢之後，騎師們便在草地跑道上散開，各自替馬暖身。奈良沿著陽光下的草地跑道內側柵欄，讓米拉克博德輕鬆小跑，看看馬場的狀態。

草地枯黃，相當凌亂。他就這樣來到正面的正中央。心想，馬場不是會滑，而是會黏，是個需要力量來跑的馬場。奈良很希望能贏得這場比賽，以取得經典賽的出賽權，但比起贏，遵照馴馬師的指示，由內側前進，就算會輸，讓米拉克博德擁有初次在不良馬場比賽的經驗，對牠的將來才有幫助。真正厲害的馬，應該是不分晴雨的。而且就算輸了，奈良也是依照馴馬師的指示騎乘，還有卸責的餘地。後面傳來增矢的聲音。明顯是為了牽制騎九號馬的澤田。

「喂，還是別兩敗俱傷吧。只會讓奈良占便宜而已。」

對增矢的話，澤田是這樣回應的。

「那你肯放棄無謂的競爭，讓我的馬先走嗎？真是多謝你了。」

結果增矢光秀對澤田提出了別有意圖的要求，內容倒是奈良沒料到的。

「你很呆吔。我的馬對這種馬場完全沒輒。反正你的馬就算領先了，也是一直往外去，到終點前就慌了。不如讓我的馬領先，你屈居第二，就不會讓那匹歪臉馬撿到便宜了。」

奈良裝作沒聽見，朝遠方的觀眾席看。每次從正面看觀眾席，奈良都會覺得那麼多的人都是在雲裡。明知將幾萬人整個包圍起來的白霧是香菸的煙，但在那覆了一層膜的地方互相推擠的群衆，有時會讓奈良陷入宛如出家人的心境，有時又會讓他興奮得彷彿成了少數能夠控制馬的魔法師。

本來在第三彎道的糸見的馬慢步來到奈良附近。糸見身穿紅黃格子綵衣，以只有奈良聽得到的聲音說：「這傢伙不是一般的馬啊。」

看了看米拉克博德。

「馬場是這樣子，要是一路讓增矢和澤田搶在前面，就算這匹馬後勁再强，也趕不上。」

奈良一語不發地微笑。

「我來幫你幹掉增矢和澤田的馬。」

糸見這樣低聲說的時候，集合的旗子揮動了。糸見的意思是，為了要幹掉兩匹偏好領先的馬，要讓每次都只會在後半場加速追趕的馬搶在前面嗎。要讓我的馬贏嗎。奈良深知糸見這個人非常不簡單。再次以敬畏的眼視望著糸見的背影，覺得他真是了不起。糸見隨時都在思考要如何才能騎上任何馬都能獲勝，這個辦法不行就換那個辦法，那個辦法不行再換另一個辦法。糸見無論是在清醒時還是睡夢中，無時無刻不在研究該怎麼做才能讓馬將本身的能力發揮得淋漓盡致。他讓後半加速型的馬順著情勢跑出第二、第三的可怕，不僅身為騎師的我知道，對賽馬稍有研究的一般人都知道。

奈良認為最大的勁敵仍舊非糸見的轠法莫屬，便捨棄了自己心中已經畫好的藍圖。他有預感，這將會是一場艱險的比賽。一分三十多秒內結果一定會分曉的比賽，這時候的奈良卻覺得宛如一場漫長又殘酷的肉搏戰的序幕。

京都賽馬場的草地外環一哩賽，起跑點位在第二彎道後的腹地。奈良注視著在閘門後方繞圈等候的馬兒們，最後一個進入馬群。九號馬就公馬而言，腹部的肉太瘦，而增矢的馬又顯得相當興奮。繞圈時，不知何時來到後面的增矢對奈良說：「要是被歪臉馬拿到經典賽出賽權，不知道會讓多少馴馬師面目掃地啊。」

面目掃地的，是你和你老爸吧——奈良心裡這麼想，但不予理會。最初，和具平八郎拜託增矢馬廄，希望他們能夠照顧和田這位串燒店老闆的馬，作父親的的回答是，既然和具社長開口了，不能拒絕，就答應吧。然而，事後以「實在空不出馬房，雖然答應了卻只能說抱歉」出面拒絕的，是兒子光秀。歪臉馬怎麼可能跑得快。收留這種馬，要是在比賽中大脫序，有損增矢馬廄的信用。最好是轉到今年才剛成為經營馴馬師的石本那裡。這是增矢光秀給他爸爸出的主意。奈良從增矢馬廄的馴馬助手那裡聽說的。

「要是這個長了一張火男（日本戲曲中使用的斜臉歪嘴大小眼的滑稽男人面具）臉的馬也能當上西日本第一，那今年關西的四歲馬豈不是每匹都是廢物了嗎。」

把米拉克博德說成火男，奈良頓時心頭火起。奈良轉身對增矢光秀說：

「聽說這匹馬，本來已經說好要進你們那裡了。增矢老師是打算留下牠的，不知道是誰說這種馬不可能會跑，要老師拒絕了，不是嗎。」

增矢光秀一雙斜吊眼漲紅了。

「哦，之前只會說是和不是的人，竟然也像平常人一樣會講人話了。原來再怎麼差勁的騎師騎了對的馬，白痴也會變聰明啊。」

這回，增矢那張屈辱與憎恨交織的臉發青，故意大聲反擊，好讓其他騎師都聽得到。他的聲音在發抖。一月的北風，吹得奈良綵衣背後的部分獵獵作響。

司閘員揮動紅色小旗，看台上傳來號角聲。閘門員齊步跑來，拉住牽繩，騎師們把放在帽子小小帽簷上的護目鏡戴上。奈良剛當上騎師的時候，司閘員的作法是，當馬全部入閘後，工作人員發出「出閘」的號令，默數一、二、三打開閘門。所以騎師們聽到「出閘」聲後在心裡默數一、二、三起步，閘門也幾乎同時打開，所以可以趁「出閘、一、二、三」的這段時間，讓四處張望的馬集中精神，或是調整好起步的態勢。但是，不知何時起，即使「出閘」的號令下來了，大熱門的馬若還沒有調整好，司閘員就不會開閘，因此騎師們失去了計算起跑呼吸的基準。所以聽到「出閘」的號令，閘門員匆匆退後時，要以眼角餘光觀察大熱門的馬的動靜。

奇數號的馬先被引導進入閘門，完成後偶數號馬才開始入閘。大熱門是米拉克博德，所以奈良在閘內，握著轠繩的手靠在馬脖子上。「出閘」的號令下來了。閘門員左右散開。正當他想著「要開了」的同時閘門打開，米拉克博德柔軟的肌肉彈開來。一如預期，九號馬一馬當先。奈良朝左側一瞥。這時候增矢就已經不在後面，而是與九號馬並騎。

「喂！你想和我的馬一起自殺嗎！」

增矢對澤田大叫。暖身時增矢的牽制並未對澤田生效。澤田的馬領先米拉克博德約十個馬身。增矢死了心，壓制住馬跑在第二。有的馬雖然跑在相當外側狀況較佳的跑道卻也向前傾，但米拉克博德跑在馬場狀況最糟的地方也絲毫不以為苦，完全聽任奈良的韁繩指揮，鬆開馬銜任意奔跑。跑得很順，肩部也好，頸部也好，一切都非常協調，奈良心想：好，贏定了。在奈良外側，須崎和糸見開始並排。須崎的馬想向前衝，須崎急著拚命制止。

跑在前面的馬濺起了泥，痛打在奈良的臉頰和肩上。糸見揮了一鞭。然後，持續按住馬脖子。米拉克博德和增矢的馬之間的距離拉近為五個馬身。糸見從外側逐漸進入內側，與增矢的馬並列了。在互相競爭著跑過第三彎道坡度和緩卻相當長的坡道中，增矢的馬反抗騎師的控制，想追上領先的馬。須崎的馬腳步已現疲態，奈良一邊下坡，一邊觀察糸見的馬的走勢，看來系見是打算一路追到底了。風打在護目鏡上，一會兒發出悶悶的聲音，一會兒又變成金屬聲。在坡道盡頭，並騎在澤田的馬外側的增矢叫道：「喂，你把我擋在外面，只會讓奈良占便宜！進去！進去啊！」

但他的話還沒說完，糸見就從內側幾乎擦到內側柵欄的地方繞過第四彎道，奈良緊接在他的一個馬身之後。為了阻擋，本已往外側去的澤田和增矢這時才首度聯手，硬往內側擠進來。因此，奈良直線跑道的前方被擋住了。奈良立即回頭看，策馬向外，將馬銜一拉，配合米拉克博德的步伐開始追趕。因為糸見的馬情況很好，要提早衝刺。

追上增矢的馬的那一瞬間，增矢揮了左鞭。看起來像是在抽自己的馬的屁股，其實要打的是米拉克博德的臉。但幸好沒有打中。增矢的馬和澤田的馬都已經無法再加速了。在距離終點大約一百公尺的地方，奈良與糸見的馬一內一外並列。依感覺應該可以輕鬆追過，但卻沒有米拉克博德平時凌厲的氣勢。即使如此，還是以一個馬身的距離領先糸見的馬跑過終點。糸見和奈良放開馬銜，直接繞過第一彎道，緩緩跑向第二彎道，互相對望。

「好厲害啊。」

糸見感嘆地說。

「這一個馬身可不是普通的一馬身。是追到地獄的盡頭也無法縮短的一馬身啊。」

跑過第二彎道之後，兩人勒住了馬。摘下沾滿了泥的護目鏡。

「前面被增矢和澤田擋住，我才趕緊跑到外側。要是和增矢的馬再近個十公分，恐怕就輸了。那傢伙，自己的馬明明就已經使勁全力了還用了左鞭。」

奈良邊聽著在一千六百公尺的比賽從起跑一路追到終點的糸見急促的喘氣聲邊說。光是聽奈良這麼說，糸見就明白增矢那一鞭的意思了。

「大概不會被審議，不過我看增矢那傢伙會被罰錢。那根本就是斜行。不過呢，不管怎麼樣，我的馬根本跟你的不能比。我可是使勁抽，狠命推，你卻只是順著馬跑。我的手都痲了。」

兩人讓馬調轉回頭準備回去的時候，增矢的馬停在內側柵欄那裡。

「喂，你剛剛那樣很危險的。澤田的馬搞不好會翻倒。你是用自己的馬把澤田的馬推進去的吧。」

被糸見責怪，增矢狡猾地笑了。

「我又不是故意的。是馬自己往內靠的。」

大言不慚地這麼回答，就朝檢量室去了。奈良雖然贏了，內心卻充滿不安。當增矢和澤田的馬往內側靠過來擋在前面的那一瞬間，米拉克博德的耳朵往後貼了。這只是彈指間的事，除了奈良恐怕沒有任何人發現。可是，當其他的馬突然出現在前面的時候，米拉克博德的確害怕了。

奈良不知道米拉克博德在當歲那年秋天，是在什麼樣的情況下被同樣是當歲的馬以後腳踢傷了臉。然而，米拉克博德並沒有忘記。增矢和澤田的馬是闖入內側，擋住了米拉克博德的去向，但距離還有三個馬身。然而，米拉克博德的耳朵卻往後倒，明顯退縮，失去了他平常在終點前慣有的凌厲。而且牠的害怕非比尋常。小時候所受的無妄之災，在米拉克博德心裡深深烙下了永遠不會消失的恐懼——奈良這麼想。

奈良在檢量室前下了馬，喜不自勝的松木左門對他說話，他也聽得心不在焉。絕對，比賽時，絕對不能跟在其他馬後面。知道不會說話的米拉克博德心靈創傷有多深，奈良感到不安，同時也對這匹歪臉的棗色馬更加愛憐。他卸下米拉克博德背上的馬鞍，快步進了檢量室，過了磅。負重五十五公斤，負責檢量的人員點點頭，說：「好。」

松木接過奈良的馬鞍，又安在米拉克博德背上。趁各騎師一一過磅時，奈良沖掉了臉上的泥。

「實至名歸的冠軍。要進軍東日本了啊。」

漱了口之後，澤田來對奈良說。

「嗯，是啊。」

奈良只應了這一聲，朝澤田瞄了一眼。

「增矢那傢伙，竟然朝我撞過來。真拿他沒辦法。」

澤田這樣辯解，但就算沒被增矢撞，為了擋住我的馬的去路，你也會往內側衝進來吧。你竟然和增矢聯手。奈良雖然這麼想，但沒有說出口。

「整隊。」

工作人員說。騎師們一排好，

「確定。」

工作人員宣布比賽結果確定，朝增矢使了一個眼色。增矢爬上通往審議室的樓梯。奈良心想，他一定會一臉委屈，花言巧語地推卸責任，向審議委員求情。比賽中，抽自己的馬屁股的時候，手臂故意大揮，去打氣勢十足地追上來的馬，是每個騎師都會用的手法。其中，有些打到的不是馬的臉，而是騎師握緊轠繩的手。被打到，絕大多數的情況是手痲失去握力，握不住馬鞭。比賽完去投訴。

「抱歉抱歉，用力過度，揮得太大了。」

對方這樣道歉，一切就不了了之。因為大家都是半斤八兩。同樣的手法，挨打的也用過好幾次，再追究下去，反而是自找麻煩。但唯獨今天的增矢，令奈良無法原諒。從一開始，他的目標就是我的馬。他參加這場比賽的目的，就是要毀掉我的馬。他心裡根本沒有把自己的馬騎好這件事，參加這場比賽，純粹是為了打斷米拉克博德的三連勝。一定是這樣。

奈良跨上全身熱氣蒸騰的米拉克博德，再度前往賽馬場，去拍優勝紀念照。馴馬師、廄務員，以及馬主和田拉著米拉克博德的韁繩，在照相機前擺姿勢的那段期間，奈良瞪著隆冬西斜的太陽，對增矢光秀的憤怒，以及絕對要讓這匹內心深受創傷的馬成為日本第一名馬的鬥志，交互在心中翻滾沸騰。

奈良五郎闔上筆記，面朝上躺下。忽然間他注意到一件事。石本馴馬師和馬主和田，對於換掉我都沒有給我一個正當的理由。他出了房間，跑下樓梯，全力踩著腳踏車，又到石本馬廄去了。在與馬房相連的石本處住門口，先靜了靜心，才走進去。石本從房裡探出頭來。奈良站在進門處，問：「老師，你要換掉我不讓我騎米拉克博德，是真的嗎？」

石本一臉困惑，眨了眨眼，然後皺起眉頭。

「是真的。本來打算今晚邊喝酒邊慢慢告訴你的……」

「為什麼？我想不出換掉我的理由。」

「你聽誰說的？」

奈良差點要回答是松木大叔，及時閉上嘴。石本沉思片刻，然後說：「換掉你的理由，不在你身上。可是，我卻有了非換掉你不可的理由。」

「請讓我騎空助。我保證一定會贏的，皋月賞請讓我騎空助。」

奈良深深行禮請求。最後聲音都帶哭聲了。

「賽馬是不能保證的。」

走到以手背擦掉眼淚的奈良身邊，石本以沉靜的語氣說：「我當然也想贏。而我，卻要把一直騎著空助，讓牠從出道以來四連勝的你給換掉。你的心情我很了解。可是，請你忍耐，等寺尾騎牠輸了比賽，再嘲笑我，罵我活該吧。」

無底的絕望，讓奈良五郎嬌小的身體維持著吊死屍的樣子，好久好久。石本眼中的溫柔，讓奈良感到無比酷殘。奈良的師父砂田重兵衛的作法，是不由分說，說換就換，對此也不會有任何解釋。現在奈良知道了，砂田重兵衛這種不把人當人的作法，對於被換掉慣常騎的馬的人來說，反而容易死心。

「我明白了。」

奈良這麼說，離開了石本馬廄。騎著腳踏車，看著地面踩踏板。他想，應該要把整件事告訴自己所屬的馬廄老闆砂田重兵衛。「皋月靠氣勢，德比靠運勢，菊花靠本事」。奈良在心中喃喃地說著這一直以來的說法。

防凍液滲進了空助腳上的小傷口，讓牠休息了兩天沒有運動。無論再有實力，賽程都會大亂。賽馬若是休息一天不運動，要恢復原有的狀況最少也要一個月。休息兩天，重建馬的身體狀況就必須要兩個月，或者更久。因此，皋月賞就只能是米拉克博德休息後的第一場比賽了。奈良安慰自己，皋月賞要靠氣勢，所以就算由自己來騎空助，勝算也不高。然而，人家也說，真正厲害的馬就算三隻腳也贏得了。空助是多麼厲害的馬，要是我的話，無論牠狀況好不好，都能讓大家見識到牠的厲害。這兩種想法在奈良心中交戰，再次將他推入深深的失意中。

砂田重兵衛正對著電話罵人。黑色馬球衫上，穿著陰紋出家徽的黑短褂，不耐地叼起香菸，打手勢叫奈良幫他點菸。砂田頭上一根頭髮也沒有，冒出細細的汗珠。

「你幹的事根本就是詐欺。你以為單單加倍償還一百五十萬的訂金就沒事了嗎！忘了我是怎麼到處拜託業餘賽馬的馴馬師收留你那裡的劣馬。我可不會就此罷手。你要我怎麼跟鹿島先生交代？最早訂下花影的孩子的不就是我嗎！我比增矢還早到你牧場去，甚至先動用私蓄連訂金都付了。說聲對不起，退還訂金就沒事了？天底下沒這個道理！」

砂田摔也似地掛了電話，緊接著就要翻電話簿，但看了奈良一眼。

「怎麼？垂頭喪氣的。」

砂田養的吉娃娃纏上來吵著要玩。奈良望著這小動物晶亮的眼睛，說「米拉克博德，我被換掉了。」

砂田對他投以嚴厲的視線，把手裡的電話簿往桌上一扔：「為什麼？」

奈良把從松木左門那裡聽來的告訴了砂田重兵衛。砂田雙臂環胸沉思片刻，然後從長褲口袋裡拿出髒手帕，擦了頭上的汗。

「別家馬廄的作法，我們沒辦法干涉。你就徹徹底底地死心吧。」

奈良小聲回答「是」，正要離開的時候，砂田叫住了他。

「星期天的主賽你來騎。」

「洛克朗嗎……？可是，那是荒木的……」

「荒木那邊，我會跟他說。」

洛克朗是大型馬，在冬天體重無論如何都降不下來，在一千四百萬級中以第二、第三名敗陣，前兩星期調整完後，動作變輕了，終於減掉贅肉，狀況良好，可望獲勝。只要處於常態，洛克朗的分級可是公開級的，今年秋天的天皇賞，砂田便是打算以洛克朗參賽。洛克朗本來一直是荒木騎的，而砂田似乎是想讓奈良奪冠。

「謝謝老師。」

奈良行了一禮，來到屋外。握住腳踏車把手的那一瞬間，想起了砂田對電話說的話。花影的孩子……砂田的確說了花影的孩子。他想起和具平八郎的祕書多田時夫上次在京都的牛排館告訴他的事——和具平八郎買下了弗拉迪米爾和花影的孩子，而那匹馬的所有人，是他的女兒和具久美子。

二

「我一直以為，米拉克博德這輩子永遠與經典賽無緣了。」

佐木多加志說。他坐在祇園一家小俱樂部的吧檯，只喝了一小口威士忌兑水，也不碰下酒的炙牛肉，一個勁兒抽菸。

「為什麼？」

奈良看著臉色很差的佐木最近突然削瘦的臉頰和下巴問，擔心他是不是生了什麼病。

「害怕馬群的馬，參加有二十幾匹馬參賽的大型比賽，怎麼可能贏得了。無論如何，都必須往外側去，外側、外側、外側。如果是兩千四百公尺的比賽，算一算那匹馬就得跑兩千五百公尺以上。要是這樣還能贏，那牠就是怪物了。不管是你騎還是寺尾騎，米拉克博德都贏不了。」

「贏得了。」

奈良瞪著佐木說。由我來騎就贏得了。無論參賽的馬有多少匹，我早就已經擬好了必勝的策略——奈良這麼想。

「無論被分到哪一區的閘門，都退到最後，沿內欄杆走。繞過第四彎道再出去。牠是可以衝刺很久的馬，從那裡再一決勝負。」

「你死心吧。只要靜靜忍耐，機會一定會再上門的……你不都是這樣忍過來的嗎。」

「寺尾總是搶我的東西。」

奈良把他們在騎師學校發生的種種說給佐木聽。他的父親是大阪北區一家小和菓子鋪的師傅，他誕生於一個與賽馬完全無緣的家庭。小學五年級的時候，和那家和菓子鋪的兒子熟起來。這個少年名叫津島善太。那年夏天，善太問奈良要不要一起去在船橋公營賽馬當馴馬師的伯伯家。每年一到暑假，他都會去伯伯家住四、五天。

「有好多好多馬，有時候會給我們小孩子騎喔。」

善太這麼說。正巧這一年，善太的母親身體不太好，不能帶兒子從大阪到船橋。還不敢讓他單獨上路，但若五郎也一道去，我就讓他去——善太的母親這麼說。奈良的父親也無法拒絕自己老闆的拜託，便勉為其難地答應了。奈良和善太兩個人到了船橋，在那裡第一次看到賽馬。善太邊幫忙換乾草、汲水給馬喝，邊對奈良說：「我長大以後想當騎師。」

在回大阪的前一天，砂田重兵衛來找善太的伯伯。兩人是老朋友，善太的伯伯每年都請在牧場很吃得開的砂田重兵衛找馬。奈良事後才知道，砂田就是靠這樣賺錢的。殺價買進小牧場的馬。以兩百萬或三百萬買進，再以四百萬或五百萬賣出。善太和奈良在馬廄前玩的時候，砂田重兵衛靠近他們。

然後對奈良說：「小弟弟，你幾年級？」

「五年級……」

「個子好小啊。看起來像才三年級吶。」

奈良個子的確矮小，就算說是兩年級，也沒有人會懷疑。奈良對這個一直盯著自己看的男人的視線害怕起來，就大聲說出口是心非的話。

「所以我以後想當騎師。」

第兩年暑假，奈良又和善太到船橋去玩，又遇上了砂田重兵衛。砂田完全不理真心想當騎師的善太，對奈良說：

「要是你真的想當騎師，要不要到叔叔這邊來？」

這時候，奈良還是很怕這個姓砂田的人，回答：「我是很想，可是要回去問爸爸才可以。」

砂田給奈良一張名片，告訴他要是他上了中學個子還是很小，又有意願想當騎師的話，就跟他聯絡，然後就走了。上了中學，同學們都長高變壯了，奈良的身高卻沒有什麼動靜，在自卑感作祟之下，奈良還買了雜誌廣告的某某增高機來用。但是，完全沒有效果。

「個子大個子小，一點也不影響做和菓子。」

父親一心一意想要兒子當和菓子師傅。奈良還是討厭個子小又駝背的父親做和菓子的樣子。他忽然想起砂田重兵衛。於是，為了不願當和菓子師傅，他說：「我想當賽馬的騎師。」

話一說出口，就真的覺得自己想當騎師。父親很生氣，罵他異想天開，痴人說夢，但父親愈罵，想成為騎師的心願就愈堅定，彷彿從小就抱定了這個志向似的。所幸，當時兩個哥哥都分別在和菓子老店學藝。後來父親終於轉念，既然老大和老二都要當和菓子師傅了，就讓老三五郎去做自己想做的事好了，

「半路吃不了苦，我可不管。」

父親嘖了一聲之後，罵也似地低聲這麼說。

於是奈良便由父親帶著，到了砂田重兵衛身邊。他借住在砂田家，中學也轉學了，從砂田家上學。砂田要他清晨四點起床，照顧馬，換乾草等等，做廄務員的工作。到砂田馬廄學藝一個月後，才第一次上馬。馴馬助手對他說，這匹馬很乖，也會幫他牽好不讓馬跑，所以奈良上了馬背。馬背遠比想像的高，恐懼讓奈良全身僵硬。突然間，馬跑起來了。他被騙了。根本沒有人教過他要怎麼讓馬停下來。他死命抱緊了馬脖子，大叫：「停！停！」

只覺得馬永遠都不會停，便咬緊牙根跳下來。撞到側腰和背，一時之間無法呼吸。一抬頭，看到馬跑回來。奈良嚇得鑽進旁邊狹窄的臭水溝裡。馬用前腳敲奈良的頭。他聽到馴馬助手的笑聲。馴馬助手低頭看他，臉上寫著「搞半天原來你不會騎啊」，馬則是不斷叩叩敲著嚇得直打顫的奈良的頭。

「然後呢，你怎麼做？」

佐木輕聲笑著問。

「我叫著別敲我別敲我，雙手合十拜託那匹馬。」

奈良自己也覺得好笑，和佐木一起放聲笑了。然後繼續說：「中學畢業以後，我進了騎師學校。」

騎師學校的一天，從早點名開始。五點起床，在跑道旁的廣場集合點名，做體操。然後換馬房的乾草，所有學生到齊吃完早餐，休息片刻，便進教室上馬學和馬術課，結束之後，便要實際操作。奈良五郎回想起上得最辛苦的脫鐙練習那時教官的斥喝聲、腰背腿的疼痛。那是要讓身體記住騎座和平衡的基礎訓練。把馬鐙放在鞍上，騎師的雙腿懸空，要是姿勢稍微不對或是坐姿不穩，就會從移動的馬身上掉下來。在脫鐙訓練中被教官罵得最凶的，就是增矢光秀和奈良。

當時還是孩子的增矢光秀就已經很狡猾，很懂得如何為自己辯解，但不擅長說話的奈良一挨教官的罵，立刻結結巴巴，連「是」都無法好好說清楚。因此，同學們都結束了脫鐙練習下馬之後，唯獨奈良要一個人繼續騎在馬上練習，直到教官准他下馬。

脫鐙騎乘會了，到學會騎馬的基本技巧，要三、四個月的時間。接著便進入跑步的段階，入學後的第九個月要學 monkey crouch。結束之後，再來便是學速度感。他們要進大馬場，兩頭並騎，依教官的要求幾分鐘跑一圈。教官會拿著碼表等。就這樣，去抓住自己的馬現在兩百公尺跑幾秒的感覺。正對跑道正面內側有一片櫸樹林，教官看不見跑那段直線跑道的馬和學生。每次跑到那裡，學生們都會躍躍欲試，想讓馬全速奔跑。

有一天，奈良必須和寺尾並騎。寺尾知道在櫸樹林裡教官看不到他們，便停下馬，對奈良說：「喂，我們來賽跑吧。在出樹林的五十公尺前停下來，休息一下，再慢跑回去就好了。」

奈良也很想全力疾馳。

「好，那說預備起就開始喔。」

兩人讓馬並排。然後寺尾就提議，只是賽跑未免無聊，來賭個什麼。

「賭喔，要賭什麼？」

「來賭晚餐的菜。」

為了避免變胖變重，校方供的飲食經過計算，控制在身體所需的最低熱量，偷吃被發現就會挨罵。所以，正值發育期最會吃的學生們，隨時都處於飢餓狀態。賭晚餐的菜，對他們來說是一大賭注。奈良有點遲疑，但還是答應了。

「絕對不可以跑出樹林喔。」

寺尾這樣强調，頑皮地笑了，咬住嘴唇。兩人讓馬衝刺。奈良覺得好像看到了風。櫸樹林立刻變成綠色的波浪。奈良陶醉在宛如化身一流騎師的錯覺中，在興奮與戰慄的驅策下，全力催動馬兒。可是，這極短距離的祕密比賽，每次都是寺尾獲勝。兩人勒住馬，算好時間，再一副什麼事都沒發生過的樣子，兩匹馬並騎慢跑著騎出樹林，回到教官所在的地點。同學們看到奈良眼睜睜地讓寺尾把菜拿走，到了晚上自由時間便圍住兩人，追問原因。

不久，祕密比賽就成了所有同學的娛樂。從此，一到晚餐時間，就分成兩種人：兩人份菜色的人，和只能吃白飯乾瞪眼的人。雖然有時贏有時輸，但不知為何奈良就是贏不了寺尾。一直到進入為期十個月的實習期間，他才發現箇中原由。學生們各自被分發到不同的馬廄，在訓練中心接受馴馬實習，做廄務員的工作，十個月之後，再回到騎師學校。實習期間，奈良不時思索著為何從來就贏不了寺尾。想通了其實很簡單。因為「預備起」的號令都是寺尾下的，在那一瞬間，他已經先跑半個馬身以上了。四百公尺的比賽，起步就晚了半個馬身，當然贏不了。

「我竟然花了好幾個月才發現，果然很笨。」

奈良嘴裡嚼著炙燒牛肉對佐木說。

「可是，現在你比他厲害多了。寺尾再怎麼樣都是二流的。就技術而言，已經不能跟你比了。」

佐木這樣鼓勵奈良之後，若有所思，然後忽然以難得一見的銳利眼神問：

「原本不成氣候的你，怎麼會突然突飛猛進？大家都說是米拉克博德教你賽馬的，說得很玄，但應該不止這樣。」

因為佐木不喝，所以奈良自然比平常多喝了威士忌，口風也因此放鬆了。他這一、兩年的努力，無論是對師父砂田重兵衛也好，師兄荒木也好，都絕對不肯透露，但現在覺得告訴佐木也無妨。

「因為我想起了騎師學校的事。那時候的同學，有糸見，也有關東的宇山。可是，他們兩個就算輸了賭晚餐的比賽，也絕對不會怪馬。等他們當上騎師以後也一樣。不成氣候的騎師每次看到糸見、荒木師兄和權藤先生他們贏了，背後都會說，騎那麼厲害的馬誰都會贏。完全不會檢討自己。」

奈良向酒保點了威士忌兑水，繼續說。

「前年菊花賞的時候，在調整室裡，其他的騎師不是打麻將就是看漫畫的時候，只有糸見一個人在房間角落一直想事情。坐在那裡一、兩個小時都不動。

我問他在想什麼，他說，到底是要把馬鐙的長度縮短一公分還是兩公分，他一直做不出結論。我好驚訝。我從來沒有為了馬鐙要長一公分短一公分想這麼久過。我就覺得，啊啊，系見好厲害啊。難怪我永遠都沒辦法出頭。所以，我決定認真研究每個厲害的騎師的優點。那一次的菊花賞是關東的宇山贏了。用的是他獨特的騎法，就是跟在起跑領先群的那種馬後面。比賽後，我請宇山教我他的騎法。」

「他這麼輕易就教你？」

「教了。可是，那是只有宇山才辦得到的騎法，所以他才會教我的。他是這麼說的：把草莓當作哈密瓜。」

佐木把濾嘴擰來擰去，又咬出齒印來把玩著，一臉訝異。

「我們打從一開始，就會以為這匹馬只能這樣跑，對不對？」

「所謂的先入為主啊。」

「這就是把草莓當草莓。可是，宇山卻硬把草莓變成哈密瓜。看著他的騎法，的確是他主導比賽。完全不顧配速，自己主導。這要對那匹馬的能力瞭如指掌才辦得到。差勁的騎師，一被馴馬師說不要搶快，那整場比賽就只有這個念頭。可是，比賽這種事，是瞬息萬變的。就算再怎麼交代說不要搶快，可是一認為拖下去會被領先的馬一路領先到終點，就必須及早應變。就是這種判斷。這是把馴馬師的指示和馬的素質通通計算在內，再多加一點自己的東西不是嗎？可是差勁的騎師就沒有這一點。」

「系見是什麼騎法？」

「他是照馬的心情來騎。馬想衝的時候，就說是嗎，乖乖，你這麼想衝嗎？那就衝啊衝啊⋯⋯。他是這樣騎的。像這樣順著馬的意思，真的到了勝負關頭，就一下把馬惹火。打牠們的屁股，或是勒緊馬銜。」

「馬硬是想衝，馬銜放得再鬆也靜不下來的時候怎麼辦？」

「遇到這種情況，最厲害的就是荒木先生了。荒木先生本來一直不肯教我。」

前年年底，奈良在京都的百貨公司買了最高級的白蘭地回訓練中心，直接就去荒木房間找他。愛酒的荒木立刻開封，邊說：「喂，別以為一瓶白蘭地就算繳了學費喔。」

邊把酒倒進白蘭地杯。一直過了好久，荒木才開始有醉意。奈良和他一起唱歌，附和他大談英勇事蹟。然後，奈良說：「連『花園獵手』那麼無賴的馬，被荒木先生一騎，竟然乖乖忍耐著待在中後段。我還以為荒木先生是魔法師呢。」

雖然奈良確實有偷幾招的居心，但也是直言吐露了他向來對荒木所懷抱的敬意。對一個不同於自己的生命，而且還不是人，是純種馬這種擁有纖細的心和強健的肌力、重達半噸的生物，能夠隨心所欲地操控，這不是魔法是什麼？對於無論如何都無法和馬的呼吸契合、馬的步伐和自己的手推的節奏總是有微妙的差距，人馬不協調的奈良而言，荒木駕馭個性強烈的馬的騎術，根本就是魔法。而奈良並沒有發現魔法師這三個字，讓醉得正開心的荒木多麼陶醉。

「是靠這裡，這裡啦。才不是什麼魔法。」

荒木說著戳戳自己的頭。

「只要前面有東西，什麼馬都會停下來。除非是發瘋的馬，否則前面被擋住了，再怎麼想往前衝的馬都會停下來。所以，馬硬要衝的時候，就讓牠緊緊跟在前一匹馬後面。讓牠想衝也沒得衝，只好死心。」

「要是旁邊馬很多，前面沒有馬，想讓馬跟在別的馬後面，就一定會違規的時候，怎麼辦？」

「所以啊，前一天晚上就要好好盯著出賽表，預測賽況，摸清騎師的脾氣。這個只會老派的騎法。這個很好強。馬的腳質和騎師的脾氣加起來除以二，這匹是後半加速的馬，這匹是喜歡一路領先的，這匹是偏好跑在領先馬群裡的，一一在腦子裡演練。然後，考慮自己的馬的習性和能力，想衝勒不住的時候怎麼做，人馬配合上的時候怎麼做，這兩種情況都要事先想好。」

房裡明明只有荒木和奈良兩個人，荒木卻壓低聲音補充。

「然後，我順便告訴你。如果有你想騎的馬，平時就要常常巴結馴馬師和廄務員。像我，有時候還會給廄務員小費。平常就先打好關係，一有機會，再開口說想騎那匹馬。」

「原來如此。」

佐木淡淡地笑了，站起來。

奈良付了錢來到外面，與佐木並肩朝河原町那個方向走。臨別的時候，明明沒醉，佐木卻踉踉蹌蹌地陷入人群中，邊問：「米拉克博德的第四場比賽，你不是跑進內側了嗎。那是怎麼回事？」

奈良吃驚地望著佐木。因為米拉克博德在第三場比賽中瞬間感到害怕的事，他並沒有告訴任何人。

奈良說謊：「沒什麼啊，因為內側很空。」

佐木無力混濁的眼中，有那麼一瞬，出現了一種包含著慈愛的平靜。

「今天是星期三啊。明天就是米拉克博德的賽前訓練了。再四天就是皋月賞了。」

只見他大聲吐了痰，走下通往阪急電車收票口的階梯。

第三場比賽，增矢的馬近乎違規地斜行切入內側，突然擋在米拉克博德前面時，奈良明顯感覺到米拉克博德異常害怕，但他想確認這是一次的突發事件，還是米拉克博德改不了的天性。所以第四場比賽時，他故意沿著內側柵欄衝刺。米拉克博德輕鬆獲勝。但是，奈良以右鞭打到牠的屁股時，米拉克博德和第三場比賽時一樣，耳朵向外貼。跑過終點之後，奈良騎在米拉克博德背上，滿心愛憐，不斷撫摸著那冒著蒸氣的粗大頸項，輕聲對歪臉的馬耳語：「這是最後一次了。別擔心，我絕對不會再做讓你害怕的事。」

三

結束了第十場特別賽，奈良從看貫場回到騎師室，結束了自己所有賽程的騎師們已經聚在電視機前，專注地看著再十五分鐘就要起跑的皐月賞實況轉播。他朝這個景象瞥了一眼，便進了淋浴間。在預售的賠率中，米拉克博德在滿閘的二十二頭出賽馬中排名第三。因為有賽程表大亂而在空白許久後直接面臨大比賽這項不利因素，各預測小報給的都不是最看好而是次一級。奈良慢吞吞地洗了渾身是汗的身體。平常只是把汗沖掉就算了，今天卻抹肥皂，從頭到腳花時間慢慢洗。奈良被換掉的事，賽馬相關人士人盡皆知，每個人都對奈良抱著同情的態度。要是米拉克博德贏了，騎師同事大概不知道該對自己說些什麼才好；萬一輸了，換自己不知道該以什麼表情面對。無論如何，我都不要看皐月賞的電視轉播。他這麼想，打算一直在淋浴間裡待到比賽結束。他開始心跳加速。無論喝再多水，還是一下子就口乾舌燥。

「喂，五郎。要開始了喔。」

兩、三個騎師前輩出聲喊奈良。

「現在變成大熱門嘍。」

這是荒木的聲音。奈良默默地讓熱水淋在背上，一聲不吭，結果淋浴室的門打開了。

「別鬧彆扭了，很娘欸。」

荒木這麼說，一把抓住奈良的手腕。奈良拿浴巾圍住下半身，上半身還濕淋淋的，就被硬拉到電視機前。

「難得看牠這麼煩躁。隔太久沒比賽了啊。」

低聲這麼說的是須崎。

「不是，是因為騎師換了。」

與寺尾及糸見一樣也是騎師學校同學的田沼洋造這樣回。奈良尋找第五檔十一號的米拉克博德。一直以來除了自己沒別人穿過的綵衣出現在畫面的那一瞬間，閘門開了。最外側那一檔的馬有一匹出閘落後很多。是增矢騎的馬。聚在電視前的騎師們同聲歡呼。

「看那個笨蛋起步慢，我真是開心得不得了。」

有人這麼說。但奈良眼裡只有寺尾所騎的米拉克博德。米拉克博德在距離領先馬七、八個馬身的第二批馬群外側。繞過第三彎道進入後方直線跑道。三匹馬並騎著從後方超過米拉克博德，緊追領先的馬。這三匹的正中央，便是起步落後的增矢的馬。他因為起步慢而加快了速度。

「增矢的馬衝太快了。」

有人說。

「不是，是因為落後了，故意讓牠衝的。」

也有人這麼說。

「宇山的馬感覺不錯喔。又在好位置。」

就在荒木這麼說的時候。黃色的帽子猛然跌落。後面的馬閃避不及，也跟著跌倒，播報員幾近尖叫的聲音，讓騎師室的騎師們全都靜下來。兩匹馬痛苦地扭動著。落馬的兩名騎師中其中一名立刻站起來。然而另一個人卻一動也不動。是寺尾。米拉克博德躺在地上四肢痙攣。另一匹馬也站起來了，但右前腳似乎折斷了。米拉克博德一定是折斷了頸骨或脊椎。

攝影機照著繞過第四彎道的二十四馬。奈良全身汗毛直豎，自己也清清楚楚地知道自己臉色鐵青。比賽結束了，電子布告欄亮起審議燈。畫面上立刻播出米拉克博德摔倒的場面。奈良閉上眼睛。令人不敢相信是人發出來的呻吟聲響徹了靜悄悄的騎師室。奈良的浴巾鬆開，他全裸，發了瘋似地不斷呻吟。須崎跑過來，拾起掉落在奈良腳邊的浴巾，幫他圍住下半身。荒木讓奈良坐在椅子上，吩咐一名見習騎師：「去拿奈良的衣服來。」

「死了！寺尾和空助都死了！」

奈良站起來大叫。舌頭打結，話不成話。

「死了！死了！」

荒木從他背後雙手穿過腋下架住他，其他騎師也從左右按住奈良。他們覺得奈良精神錯亂，互此默默對看。因為奈良大叫「死了」，在場的騎師聽起來卻是「呵痾、呵痾」。須崎和荒木商量是不是最好叫醫生來。

「我去叫。」

一個今年才剛出師的騎師奔出騎師室。最後獲勝的是不太有人看好的關東馬，緊緊跟在米拉克博德內側伺機而動的一匹馬。看著重播的一名騎師說：「米拉克博德突然向旁邊偏。撞上正好從外側衝上來的馬。那時候增矢剛加速趕過去，所以變成四匹馬包圍住牠了。」

然而，只有奈良知道不是，那不是偏，而是害怕得逃走。奈良一直看著十一號。米拉克博德很想跑，狀態也很好。然而，寺尾卻老實執行了奈良告訴他的假策略。他想為了制住想加速向前的米拉克博德，把牠帶到跑在增矢內側的那匹馬後面。而且距離近得幾乎會被跑在前面的馬踢到。

「可是，他明明沒有用鞭子，怎麼會突然往旁邊偏？如果是終點前的直線跑道要追的時候也就算了，可是還在後方的直線跑道，還在順著馬跑啊。」

荒木仍緊緊架住奈良，眼睛看著電視畫面這麼說。審議燈熄了，確定燈亮起。電視播出了審議委員的說明：米拉克博德並未受其他馬干擾，是自己向外偏，撞到八號馬而跌倒。另一匹馬，因閃避不及而跌倒。因此名次沒有更動。

醫生來到騎師室。荒木說明了大致的經過。醫生量了奈良的脈搏，說：「不要緊、不要緊。」

然後把兩顆白色的藥錠放在奈良手心。

「把這個吃了。」

醫生這麼說，用杯子盛了水給他。

奈良望著手心裡的兩顆白色的藥。荒木拍了一下他的肩，低聲說：「馬死了。」

這是經典賽史無前例的大事故。米拉克博德頸骨骨折，幾乎當場死亡。而寺尾不但頸骨骨折，又有腦挫傷。寺尾於兩天後死亡。從宣布傷勢危急到斷氣的那兩天，奈良一心希望的就是寺尾的死。拜託，不要恢復意識就這樣死吧。萬一撿回一命，拜託變成植物人。他連檢討自己的心竟然如此狠毒的餘力都沒有。因為他心裡想的都是，要是寺尾恢復意識，被石本或松木左門問起為什麼米拉克博德在後方直線跑道上突然失控，回答「奈良說，要緊緊跟在前面的馬後面」，自己一定會被趕出賽馬界。

奈良在得知寺尾要騎米拉克博德的那一天，在傷心、失意與不甘之下，告訴了寺尾假的策略。那是因為他不希望寺尾騎米拉克博德獲勝。能駕馭米拉克博德的，只有我奈良五郎。他想讓石本馴馬師、松木廄務員和馬主和田體認到這一點。這麼一來，無論馴馬師怎麼說，馬主都一定不會答應讓別人騎。德比就會讓奈良騎了。松木左門一定也會拚命反對，堅持非奈良不可吧。

奈良做夢也沒有想到，自己有生以來頭一次產生的惡意，竟會害死一個人。更是沒有預料到，會害死一匹心靈深受創傷的可愛的馬。他關在房裡，飽受恐懼折磨。從佐木多加志打來的電話中得知寺尾死去的那一瞬間，奈良流著淚，心中滿是感謝。安心讓他跪下來。可是，當安心過去，猛烈的戰慄和恐懼，無法向任何人傾訴的懺悔，讓奈良五郎再次跪下來。他撕掉了筆記上的米拉克博德注意事項。這樣他還是怕，就所以用瓦斯爐的火把碎紙片燒掉了。

那天晚上很晚，電話鈴響了。

奈良膽顫心驚地拿起聽筒。聽筒傳來父親的聲音：「幸好不是你騎啊。要是你騎了，死的就是你了。」

對賽馬一竅不通的父親這麼說。奈良隨口嗯了幾聲作答，草草掛了電話。結果，很快又有人打電話來。是砂田重兵衛。無論有再重要的客人，九點一到砂田就會進二樓的寢室就寢。從事賽馬業的人早上都要早起，無論有什麼事，九點都要上床。最少要有八小時的睡眠。這是砂田向來堅守的健康法則。這樣的砂田，竟然在快十點的時候說：「你現在馬上到我的馬廄來。」

「現在嗎？」

「你來就是了。」

奈良騎著腳踏車，在空無一人的訓練中心路上前進。偶爾會聽見馬短鳴或長嘶。沁涼的晚風夾著馬糞味打在他身上，他發覺這整整兩天，他無時無刻不在希望別人死。新的恐懼令他渾身顫抖。奈良一直相信自己是個善良的人。認為這是只會騎馬、人笨又長得醜的自己唯一的長處。這樣的自己，竟然給了寺尾假的策略，害死了他。這不是偶發事故，是應該會發生而發生的必然。我殺了寺尾。我殺了人。到達砂田馬廄時，他的腋下和掌心全汗濕了。

「你回去病上一個星期。」

砂田望著奈良鐵青的臉這麼說。

「說感冒發燒不退什麼的，隨便編個藉口，一整個星期都不要踏出自己的房間。也不用去參加訓練。」

寺尾的遺體明天就會送回栗東。守靈和葬禮都不要去。砂田低聲交代了諸如此類的話。

「人多口雜。石本和石本的女兒都很震驚，不知道會怎麼拿你出氣。你要是一臉傷心，他們就會認為你是裝的，要是不傷心，反而會更刺激他們，以為你幸災樂禍，心裡一定是在想，活該，要是讓我騎就不會發生這種事。無論如何，你暫時不要出現。」
然後，告訴他石本馴馬師被處了罰金，理由是馬匹訓練不周。奈良跪坐著，默默聽著砂田的話。
「那不是偏了。是嚇到了才失控的。」
聽砂田這麼說，奈良全身僵了。
「那匹馬在當歲的時候受了重傷。而且是被前面的馬的後腳踢到，差點沒死掉。馬是不會忘記的。你騎的時候，也都有考慮到這一點吧。」
奈良拚命思索該怎麼回答。他很不安，說不定，寺尾在比賽前，曾經把自己教他的策略告訴了石本或松木左門。
所以他說：「我從出道賽起騎了四次，但牠並沒有特別害怕馬群的樣子。只是，在第三場用了右鞭，牠往外偏，所以進入直線跑道之後，我就儘量讓牠靠外面，只用左鞭。」
一抬頭，遇上了砂田小卻銳利的眼睛。砂田露出一絲笑容。
「你也終於時來運轉了。就是那種沒趕上的飛機墜機，客滿沒住到的飯店失火的那種。要是運氣不好，就整個反過來。就是所謂禍不單行。肚子痛跑到廁所裡面偏偏有人。剛好走平常不會走的路就遇上討債的。」

寺尾的葬禮舉行時，奈良遵照砂田的命令，躺在被窩裡望著天花板。米拉克博德摔倒的情景一次又一次出現在他腦海裡。我是殺人兇手。這句話終於變成無數的別人的聲音說著「你是殺人兇手」。他會在迷迷糊糊中睡著，每次都因為駭人的尖叫聲驚醒。傍晚，有腳步聲停在房門前，門鈴響了。奈良摒著氣，豎起耳朵。

「奈良先生，你在休息嗎？」

是米拉克博德的馬主和田的聲音。砂田雖然下令誰都不要見，但奈良還是離開被窩，把門開了一小縫。穿著喪服的和田站在門外。

「聽說你病了，我猶豫著該不該來，但想說還是來跟你打聲招呼。」

和田圓圓的臉上露出一絲笑容。奈良要泡茶，被他制止了，他從喪服的內口袋裡取出一個信封。

「這是我自不量力的懲罰。一個小小串燒店的老闆不該妄想當馬主。我再也不會買馬了。這麼傷心難過的事，我不要了。」

信封裡是幾十張萬圓鈔。奈良問這些錢的用意。

「四連勝時，我樂昏了頭，忘了給騎師賀禮。那匹馬幫我賺了錢，我卻沒有向奈良先生道謝。請你一定要收下，不要客氣。」

無論再怎麼推卻，和田就是執意要奈良收下。這應該是我最後一次來栗東訓練中心，也是最後一次見奈良先生了吧——和田這麼說，站起來。

穿好鞋子的和田說：「自己的馬死了會這麼傷心的人，沒有資格擁有賽馬。馬主對馬不能有感情。那個世界，只有能把馬當成股票或風塵女郎的人才有資格享受。我萬萬沒有想到會奪走一條人命。我覺得寺尾先生等於是我親手殺死的，從那之後，我做什麼事都心不在焉。忍不住會想，要是我沒有買那匹歪臉的馬的話……那匹馬終究不是能賽馬的馬。馬也好，寺尾先生也好，都是我害死的。」

奈良差點脫口而出，不，是我害死的，但話到喉嚨又吞了下去。奈良認得很多資本雄厚、名下有幾十匹賽馬、在馬主協會頗具勢力的馬主，而眼前這個笑咪咪、似乎天生就該在頭上綁條毛巾的和田令他感到無比親切，他好想告訴和田，其實是他卑鄙的惡意才讓和田一生一次的美夢劃上了悲慘的句點。他想跪在他面前乞求他的原諒。自己向寺尾說的謊，極有可能引發大事故。也許自己在連自己也不自知的內心深處，對寺尾起了殺意。這種想法，逐漸在奈良心中萌芽。然而，奈良一句話也沒有說，默默聽著和田離去的腳步聲。

天快黑的時候，門鈴又響了。是佐木多加志。佐木輕輕拍了拍一身睡衣的奈良的肩，自行從冰箱裡拿出了啤酒。一句也不提事故，脫掉了喪服的外套，解開黑色領帶。

「我決定辭掉工作。」

佐木這麼說。

「辭掉工作……」

「我想自己做生意。所以有事想拜託你。」

奈良以為他想借錢，結果並不是。

「我想來開會員制的預測行。」

「預測行？」

「每辦一次收一次會費，以電話告訴會員一天一場或兩場中獎率高的比賽的連號。東京已經有人開兩、三家這種公司了。每辦一次，就一定會有收入。」

佐木拿出一張小卡給奈良看，上面印了一到三十六的數字。

「比方說，一代表五—八，二代表三—六，三代表六—六這些連號。每次的連號的代號都不同。在電話裡，告訴會員第八場比賽的二號是五成，二十一號是三成，三十號是二成。沒有這張卡，就聽不懂我在說什麼。」

「你要拜託我什麼？」

奈良只希望佐木趕快離開。他想獨處，也認為沒有一辦就一定有收入的馬票戰術。

「沒有了新聞記者的身分，就不能像過去那樣自由進出訓練中心，也就沒有辦法親眼看馴馬。像是馬廄的情報啦，馬的狀況這些，我希望你可以在賽前訓練之後告訴我這些。」

「馬廄的情報根本一點都不可信啊。」

「這我知道。」

「我也沒辦法看到所有參賽的馬的訓練。」

「這我也知道。」

「如果辦一場沒辦法賺錢的話怎麼辦？很快就會沒有會員了啊。」

佐木從胸前口袋取出一本厚厚的記事本，翻給奈良看。

「這是我這兩年來預測的馬票收支合計。賠錢的，兩年內就只有五次。」

佐木說，已經和他說好願意提供他情報的，有須崎和田沼這兩名騎師，以及與光是在關西便擁有七十四匹馬的村川耕二和其他五、六名馬主走得很近的五六名馴馬師。

「如何？我當然很清楚，賽馬沒有絕對可言，所以才會想到要做這門生意。真的賺了，用不著宣傳，別人就會來買馬票了。想賺錢的人，一旦賠了，立刻就會走人。可是，每個週末會有電話打來報明牌，蠻刺激的，也很好玩。我已經決定了，也在大阪的櫻橋租了一間小小的辦公室。」

「我只能說狀況好不好而已。就算只是這樣的消息，我也沒辦法負責。」

佐木說聲謝謝，收起記事本，喝了啤酒。沉默了好久之後，終於說：

「我都忘了。你也沒想到會發生那麼大的事故吧。」

奈良心頭一驚，看著佐木。

「什麼意思？」

佐木撐著臉頰，抬眼以陰沉的眼視注視奈良。

「米拉克博德上東京那天，我去了石本馬廄。在那裡，聽到松木大叔和寺尾在爭執。松木大叔說，絕對不能進馬群，就算輸了也沒關係，要往外側，一定要從外側繞。可是寺尾卻說，不，牠是擅長衝刺的馬，要讓牠在中後段的馬群中忍耐。讓牠緊緊跟在前面的馬後面，牠就會冷靜下來。說得非常有自信。松木大叔氣得漲紅了臉，質問他說，你一次比賽都沒騎過，哪裡知道這些。寺尾那傢伙賊笑回答說，他把之前的錄影帶看了好幾遍，研究出來的。」

佐木說到這裡，拿起外套站起來。然後穿上鞋子，伸手握住門把。

「四場比賽中，你曾經讓米拉克博德緊跟在前面的馬後面嗎？無論從哪個角度看錄影帶，都找不到任何那樣的場面。可是，寺尾為什麼會那麼說？」

「你是說，是我教他的？我什麼都沒跟寺尾說。」

狼狽與激動，讓奈良呼吸急促，大聲這麼說。

「我是覺得，如果我是你，我會教寺尾米拉克博德最不喜歡的騎法。要我就會這麼做。要是讓寺尾贏了，叫人怎麼嚥得下這口氣。」

佐木說完，離開了奈良的住處。

再過四天就是德比的預賽NHK盃了。今年砂田馬廄的四歲公馬不夠出色，沒有馬要前往東京參賽。結束了星期三的賽前訓練回到馬廄，荒木就來找人。

「五郎，不要一直關在屋裡，偶爾也拋開一切，去喝喝酒啊！」

從訓練中心開車十分鐘的地方，有一家騎師們常去的小酒館。荒木說七點在那裡等他，一直約他出去。

「該讓事情劃下句點了。」

荒木這麼說。恐怕增矢也會來這家小酒館，奈良心想，自己一定會因為這次的事故成為眾矢之的。但是，這似乎正是荒木的用意，奈良覺得這個很講義氣的師兄是想幫自己。

亮著紅燈的小酒館裡，正如奈良所料，增矢光秀和增矢馬廄的年輕廄務員已經相當醉了，吵吵鬧鬧的，嘴裡不乾不淨，手也不乾不淨地吃店裡女孩子的豆腐。這幾年互爭騎師排行寶座的糸見茂和尾瀨龍二坐在後面的桌位。荒木和奈良在糸見和尾瀨旁邊坐下來。

「好難得啊，奈良也來了。」

糸見笑著說。

「我帶他來去晦氣的。」

聽到荒木這句話的增矢，果不其然，從吧檯搭話：

「去晦氣，他有什麼晦氣好去啊。荒木先生，天底下沒有第二個像奈良運氣那麼好的人了。本來死的應該是奈良的。他哪裡還需要去晦氣，他要慶祝才對啊。」

荒木似乎一開始就準備好了，只見他慢慢走到增矢身邊，擰了他一隻耳朵。被有「鋼臂人荒木」之稱的强勁腕力擰住耳朵，增矢的身體半浮在空中。

「有本事你騎馬就要像你的嘴巴這麼厲害啊。再也不許對奈良說這種話。知道嗎？回答啊！」

荒木擰著增史的耳朵，就這麼把他拉到外場，增矢的身體時左時右地搖來搖去。口中不斷發出哀嚎，但荒木沒有鬆手的意思。

「你最拿手的，就只有那張嘴和犯規而已。不回答，我就把你的耳朵扯下來。」

增矢馬廄年輕的廄務員想拉住荒木。

於是糸見說：「誰要是敢出手，我就把你們偷買馬票的事告訴賽馬會的大頭。」

廄務員們面面相覷，僵在那裡。馴馬師、馴馬助手、騎師以及廄務員，依規定是不能買馬票的。

「奈良也很痛苦。奈良在看臯月賞電視轉播的時候精神失常的樣子，很多人都親眼看到的。好了，你真的不想要你的耳朵了？」

「對不起。」

增矢跪在地上說。

「永遠不要再拿那起事故來挖苦奈良。」

「我不敢。我再也不敢了，請放開我。」

荒木才終於放開增矢的耳朵。增矢按著耳朵，頭也不回地離開了。增矢馬廄的那些年輕廄務員也連忙追上去。紅色刺眼的照明，將荒木濃濃的鬍根照得更黑更鮮明。

四個人喝著威士忌兑水，閒聊著一些無關緊要的話題，近一小時之後，已有些口齒不清的尾瀨忽然說：「我們幹的這一行實在很危險。大家都要有運動家精神啊。」

糸見半開玩笑地回應：「那你就不要緊跟在我的內側，在第四彎道的時候揮鞭啊。上星期六被你這麼一揮，我的鞍都歪了。後面有五、六匹跟上來，要是落馬搞不好我早就死了。」

「你自己還不是會做同樣的事。」

「所以啊，就別說那種假清高的話了。」

「什麼叫假清高！」

糸見和尾瀨的臉同時垮下來。荒木發覺情況不對，趕緊轉移話題。但是，糸見卻是一反常態的動了氣。

「你心裡一定在想，要是我落馬四、五個月不能出賽該有多好。這樣你就能騎我的馬了。呿，還說得那麼好聽。你心裡打什麼算盤誰不知道。」

「你還不是一樣。要是我受傷了，我的馬就是你騎了。你自己才是假清高。」

尾瀨一說完，便雙手掀桌。

奈良和荒木趕緊介入就要捉對撕殺的兩人之間。被前輩荒井一吼，糸見和尾瀨都喘著氣在椅子上坐下。奈良藉口說要去廁所，悄悄溜出店外，坐在自己車子的駕駛座上，額頭靠著方向盤。他認為剛才糸見和尾瀨說的都是真心話。多麼可怕的世界啊。夢想，浪漫……根本連一點碎片都找不到。他想起還是見習騎師時，賽馬會給的百分之五獎金，全都進了砂田荷包的事。那筆儘管是見習騎師也有權利收下的獎金，砂田重兵衛聲稱在獨當一面之前錢反而會妨礙成長，便搶了奈良的。要是臉上稍有不滿之色，便是一頓臭罵。

「你以為是你在跑嗎！跑的是馬。馬厲害，半瓶醋的小鬼來騎都會贏。」

自己順從地熬過來了。然後終於從見習騎師成長為正式騎師，但過了一個月、兩個月，日子一天天過去，卻遲遲無法贏得比賽。騎了會贏的馬，卻還是輸。數不清有多少次被砂田罵：滾回老家別當什麼騎師了。在那個時候，機緣巧合遇上了米拉克博德這匹馬，因為牠，請他騎馬的人變多了，也有機會騎到厲害的馬了。一想到這裡，奈良心中又充滿了彷彿會被拉進地心深處的絕望。不安、恐懼與懺悔之念，再度膨脹——人是我殺的，我是殺人兇手——他在心中大喊。

奈良發動車子。夜空中掛著一輪滿月。奈良以高速行駛在無人的路上。事情不可能會就這樣結束的——他這麼覺得。他有預感，將來有一天，他一定也會死於和寺尾同樣的死法。我一定會落馬而死。也許是下星期，也許是兩年後。或者是更久以後。但是，一定會死。我會像寺尾那樣，腦漿糊成一團，頸骨折斷，死在賽馬場的草地上。奈良想求救，但同時，也希望和寺尾一樣死去。他猛踩油門。看到對向出現了車燈。好像是卡車。如同不可違抗的天啓一般，奈良的心突然有所領悟。這項領悟讓他放慢車速，勉強讓他免於和卡車對撞。

奈良停了車，熄了引擎，坐在路邊的雜草上，望著滿月。那是個寂靜無聲，五月涼風習習的夜晚。我要成為日本第一的騎師。每一場比賽都抱著必死之心去騎。這麼一來，也許我就能成為日本第一的騎師。然後就能死在賽馬場的草地上。他沉浸在許久未有的平靜之中，這麼想。奈良決定了，我要以這種方式來贖自己的罪。

1——日本的賽馬制中，若一場賽事有超過八匹馬參賽，便照抽籤號碼依序編入八個檔。例如，有十匹馬參賽，第1至6檔分別為編號1至6號的馬，一馬一檔，而第7檔有7號及8號二匹馬，第8檔有9號和10號馬。以現制參賽馬上限十八匹為例，那麼第1至第6檔分別各有二匹馬，第7檔為13、14、15號馬，第8檔為16、17、18號馬。第1至8檔的騎師依序分別戴白、黑、紅、藍、黃、綠、橘、粉紅色的帽子。如此分檔是為了「檔號連勝」的投注。

文藝系 007

優駿・上(優駿)

作者　宮本輝
譯者　劉姿君
責任編輯　戴偉傑
美術設計　蔡南昇
內頁排版　高嫻霖

出版顧問　陳蕙慧
發行人　林依俐
出版 / 青空文化有限公司
台北市106大安區仁愛路四段107號7樓
電話:02-5579-2899
service@sky-highpress.com

總經銷 / 大和圖書有限公司
電話:02-8990-2588
印刷 / 前進彩藝有限公司
2017(民106)年3月初版一刷
定價 380元
ISBN 978-986-93303-7-4

國家圖書館出版品預行編目(CIP)資料

優駿 / 宮本輝著; 劉姿君譯.-- 初版 -- 臺北市:青空文化, 民106.02 上冊;公分. --(文藝系;7-8)
ISBN 978-986-93303-7-4(上冊:平裝)
ISBN 978-986-93303-8-1(下冊:平裝)
ISBN 978-986-93303-9-8(全套:平裝)
861.57　　105018994